不倫《レンタル》

姫野カオルコ

角川文庫
11854

不倫《レンタル》

目次

第一章　こめんてゅ　でぃ　あでゅ

　わたしのアヌスやヴァギナに彼の指が入ってきて……。

　それだけでわたしは久しぶりの彼の愛撫にオーガズムを感じていました。彼がかすれた声で、

「ここで出してもいいかい？　もうがまんできないよ」

　って……。

　会えないあいだは、彼も奥さんとＳＥＸしていないらしくて（本当かどうか疑わしいけど）限界だったみたいなんです。

「おまえの口に出したい」

　そのことばに、お湯のなかから突き出している彼のペニスに上から顔を近づけました。お湯が鼻や口から入ってきたけど、片手でにぎり、もういっぽうの手で睾丸《こうがん》をころがしていると彼はわたしの名前を呼んで、わたしの口のなかにドロッとした体液が満ちて……。

　それは濃くて量も多くて……。

「どうだった？　どんな味がした？」

「量が多くて一度に飲み込めなかったわ」

「そうだろう。オレ、SEXしてなかったから。ほんとだよ」

わたしがうれしくてうなずくと、

「今度はおまえの番だよ。うんとイカせてあげるから」

彼にうしろから抱きしめられ、わたしの身体は自由を失って不安定に動きだすのでした――。


（『キレイ』11月号より）

＊

〈久しぶりの彼の愛撫〉。そのあたりですでに私は動揺していた。信じてくれる？　信じてくれる？　私は、かなしくて、動揺していた。

〈限界だったみたいなんです〉。ここまでくると、活字はにじんでいた。わかる？　かなしくて活字がにじむの。

『週刊文秋』の一月二十日号。P87。「レディの雑誌から」のページ。なんだって今日はこのページを読んでしまったのだろう。いつも読まないようにしてたのに。

私はクリネックスの箱を手元に引き、自分の目から放出されてくる液体を、そのやわらかな紙に吸い取らせる。ごぼ。ごぼ。紙を抜き取るたびに、箱はくぐもった音を鳴らす。『週刊文秋』のこのページを、はじめて読んだのはいつだっただろうか。二十代のおわりあたりだっただろうか。そのころは、ページの上におちる液体は、まだ、ぽとり、ぽとり、くらいだった。年月に比例して、おちる液体の量は増していった。それでもう「レディの雑誌から」のページになると目をつぶってしまい、ここだけとばしてべつの記事を読むようにしていた。

それなのに、なんだって今日は読んでしまったのだろう。それも、なんだって土曜の夜に。土曜の夜に三十路の女がひとりで『週刊文秋』を読んでいること自体、まぶたにクリネックスをあてたくなるようなことなのに。

＊

その夜、前からわたしを口説いていた彼とホテルに行ったのです。彼は下着をはぎとり胸を摑みました。このおっぱいをこうしてみたくてたまらなかったんだよと、彼は――。

（『ダイスキ』ｖｏｌ69より）

＊

かなしい、かなしい、かなしい活字の羅列。この世の中には「前から口説かれて」いるような女の人がいるんだね。「その胸を掴んでみたい」と男の人から思われているような女の人がいるんだね。

そんな女の人は、どんな顔をしてどんな背格好でどんな暮らしをしているんだろう。どんな会社に行って、どんな部屋に住んで、どんな服を着て、好きな食べ物はなんだろう。

「キレイ。ダイスキ」

私はぼんやりと誌名をつぶやき、クリネックスをごみ箱に捨てた。

『ダイスキ』には書いたことはないが『キレイ』にはよく書く。読者投稿ではない。シッピッシャである。文章を書くのが私の仕事だ。いやらしい話。恋愛小説。ポルノグラフィー。ロマンス小説。その名称はフランス語の活用のように変化する。

ペニスとヴァギナの話を、無計画に書けば「衝撃的な文学」と称され、ふつうくらいに書けば「艶やかな文体」と称され、計画的に書けば「ポルノ小説」と称され、ていねいに書けば「ロマンス小説」となり、ぞんざいに書けば「恋愛小説」となる。ジュスイ、テュエ、イレ、ヌソン、ヴーゼテ、イルソン。フランス語活用。

フランス語は学生時代、ずいぶんがんばって勉強した。主要作品全部を原書で読んだ作家もいた。

それなのに、今や『太陽がいっぱい』の原題も言えない。ボンジュールもジュテームもそらで綴《つづ》れない。確実に私は年をとってきているし、脳も硬くなってきている。

〈前よりケツがでかくなったぜ。あぶらがのった。男の味をおぼえたせいだな。／いや、恥ずかしい。じっとお尻を見るのはやめて……〉

　こんなふうなことも、ずいぶんと書いたけれど、ほんとうにこんなことがあるのかどうか、私にはわからない。

　私はセックスをしたことがない。そもそも「男の味」というのはどういったものなのであろう。辛いのか甘いのか酸いのか苦いのか。味。

「おとこの　あじ　を　おぼえた」

　声に出して読むといやらしいかんじがする。ではこの場面に用いることにしよう。と、頭で判断して選択しているにすぎない。

　ＳＦ大賞。私は大学時代、この賞に入選して書く仕事をはじめた。

　ＳＦ大賞というと、サイエンス・アンド・フィクション大賞のように即断されるかもしれないけれど、そうではなく、ザッヘル・マゾッホ・エ・フランソワ・ド・サド大賞という長い名前の略である。Ｓａｃｈｅｌ　Ｍａｓｏｃｈ　ｅｔ　Ｆｒａｎçｏｉｓ　ｄｅ　Ｓａｄｅ大賞。

　オーストリアの作家、ザッヘル・マゾッホとフランスの作家、フランソワ・ド・サドにちなんで、彼らの求めた世界を描く小説に与えられる賞。マゾッホ・エ・サドであるから、エ（ｅｔ）というからにはフランス語で、でも、なんの略なのか正確に知っていても知らなくても、結局、求められる小説の内容はようするにアッシュ。オテルで男女がアッシュしましたとさ。

ＳＦ大賞出身の作家。これはずーっと私につきまとってはなれない。

フランソワ・ド・サド。通称、サド侯爵の本は高校生のころによく読んだ。よくわからなかった。しかし、よく読んだ。訳者の澁澤龍彦が好きだという理由で。

澁澤龍彦の写真を見て、ハンサムなので好きだった。高校生なんてそんなものだ。高校生でなくとも、もしかして、なにもかもみんなそんなものではないだろうか。

ピアニストは美人のほうがうまく聞こえる。これ、真実だと思うもん。ベネトンの服もパパスの服も、店に陳列してあるとてもきれいで、家に帰ればただの運動着。なにこの服、この材質でこの値段？　てなもん。

べつに深い考えあってのことではなかった。なんとなく私はＳＦ大賞に応募したのだ。ある日、小説というものをはじめて書いてみて、なんとなく応募した。それだけのことだった。そうしたら入選したので、その後も出版社の依頼があれば書いていて、そのうち依頼が増えて現在に至る。職歴おわり。

人を殺したことなんかなくったって「○○殺人事件」というような題の小説が書けるように、セックスしたことなんかなくったって、キスしたことなんかなくったって、いくらでもセックスもキスも描写できる。日本に住んでたら朝の通勤電車のなかでも裸の写真は見られるし、ビデオだっていくらでも入手できる。

キスするときに、首を360度回転させるような男女はいないだろうから。ペッティングするときに、山本海苔《のり》をにぎりしめているような男女もいないだろうから。セックスするときに、必ず故事成語を互いに言い合う男女もいないだろうから。いても数はとても少ないだろうから。四面楚歌。金科玉条。唇歯輔車。一子相伝。流言飛語。焼肉定食。酒池肉林。肉林。肉。肉。唇。乳房。大腿部。陰部。密室。瞳。濡れて。あえぐ。快感。犯す。純白。むっちり。臀。下腹部。痺れる。ひくひくと。挿入。繊毛。剃毛。毛沢東。バック。お仕置き。恥辱。凌辱。むちむち。鞭。雌犬。肛門。突き上げて。首輪。黒髪。人妻。清純。上品。崩壊。許して。奴隷。華麗。幽霊。無礼。乳首。小陰唇。いやいや。嘲笑。汗。あぶら。熱情。パンティ。剝ぐ。桃色。黒々。見ないで。とりすますんじゃねえよ。制服。征服。社長秘書。大きい。硬い。痛い。指。背中。腰。はちきれそうな。若鮎。ぴちぴち。濃厚。抜群。感度。ああ。秘密。暗闇。堕落。貴婦人。なよなよ。クネクネ。ぶるるん。禁断。理性。新入社員。診察。粘着。肉欲。緊縛。蠟燭。仮面。令嬢。香水。ストッキング。下卑た。乱暴。ひどいわ。どうにかして。強姦。輪姦。輪姦コンチネンタル。色気。くびれたウエスト。柔肌。繊細。才色兼備。藤山寛美。イクイク。死ぬ死ぬ。オーマイゴッドは死んだと言ったはニーチェ。てきとうにかつ冷徹に並べりゃ、セックスの場面などいくらでも書ける。

したことなくったっていくらでも書ける、こんなことは。でも「レディの雑誌から」はすべてが読者の告白。世の中にはほんとうにこんなことをしている人もいるのかと、だから私は泣く。泣いているなんてだれにも知られたくない。セックスしたことがないなんて、そんな滑稽なこと。

フランソワーズ・アルディというフランスの歌手は「どんないいわけであっても私は知られたくないの。クリネックスの下に隠れている涙を」と歌って大ヒットさせた。私はときどきアルディのCDをかける。聴きながら泣いたりしない。こんな歌聴いて泣くもんか、と思ってかける。アルディをかけながら泣くなんて、それは自分にはふさわしくないこと。おこがましいこと。アルディの歌をバックにするようなツラかよ、そんなタマかよ。フランス語がなつかしいだけ。フランス語を懸命に勉強してたころの若い時代が。いつか自分にも騎士がやってくると思ったことも少しはあった時代が。

「私の騎士」。そんな歌もうたっているアルディ。「サムソフィ《それだけでじゅうぶんよ》」。そんな歌もうたっている。高校生のころ、東京工業大学を出たばかりの若い生物の教諭が、私にこの歌手のことを教えた。

*

「きみは――」

きみ、と先生に呼ばれ、どぎまぎしたものだ。関西の田舎の高校で、人のこと、きみ、なんて呼ぶ人間なんかまわりにいなかった。

「——きみは、シャールロワ生まれの顔をしてるよね」

って、私の顔を、人相占い師みたいに正面から横からななめから見て言った田島大吾先生。

「シャールロワ？　どこですのん、そこ」

「ベルギー。ベルギーのシャールロワにはね、髪の色さえ黒くしたらどこか東洋的な顔の人が多いんだよ。だからきみも髪の色さえ金髪にしたらどこかシャールロワ的な顔になるんだよ」

正が真なら逆もまた真なり。田島先生はそう言って、また私を観察した。先生の授業は人気がなかった。「言うてはることがわからへん」とのもっぱらな評だった。「話を聞いているときは、なるほど、と思うんやけど、家に帰ると、あれえ？　と思う」と。

「きみは背が高くて大きいね、なんセンチ？」

「170です」

「身長じゃない。90・58・92？」

「は？」

「シャールロワだしね、そんなとこだろう。目はみどりだね」

「……黒いと思いますけど」

「いや、みどり色がかっている。貧血気味だな。白目が青白いと瞳がみどりがかって見える。鉄分をよくとるように」

「はあ」

「2年6組のある男子生徒がきみのことを大嫌いだと言ってたよ。だから、きみはこれから、お父さんはベルギー人ですって言うようにするといいと思うよ。白人の肌色だし、背も高いし、脚も長いし、みんな信じるよ。アイルランド人のことは忘れてベルギー人にしなさい。お父さんはベルギー人でロボット工学の博士でした、それがいい、きみにぴったりだ。そう言いなさい」

褒《ほ》められているはずである。しかし褒められている気がすこしもしないのが田島先生の言い方なのだった。

「ベルギーはフランス語地区もあるから、ちょっとフランス語が話せると信憑《しんぴょう》性はより高まる。フランス語、おぼえるといいよ」

（……なんのためにそんなことをみんなに信じさせなくてはならないんですか……）

訊きたかったが、なぜか質問の機を逸してしまうのが先生の話し方だった。

「フランソワーズ・アルディの歌を一曲、おぼえたらどうだ。知らない？」

先生はレポート用紙に Françoise Hardy と書いた。

「ぼくはすごく好きなんだよね」

レポート用紙を一枚、私に渡した。それを持って、私は放課後、町にある唯一のレコード屋に行き、フランソワーズ・アルディはあるかと訊いたけど、なかった。

「この人かいな?」

レコード屋のおにいちゃんは、それでもカタログを開いて見せてくれた。そこにはレコード会社名と曲目が載っていた。

「二千円やけど、どないする? 注文しとこか? 入るのは再来週になるけど」

「いや、ええわ」

高校生にとって二千円は痛い。どんな曲かもわからないのに。

「ちょっと、もいっかいカタログ見せて」

私はおにいちゃんからカタログをぶんどり、頭に曲目をメモした。

家に帰ってから、私は官製はがきにて深夜放送にリクエストした。京都放送『関西人は今夜もリクエスト』、略してコン・リク。あみだくじもダメ、じゃんけんもダメ、ビンゴもダメ、およそ、くじ運、ギャンブル運はなにからなにまでダメなのに、なぜか深夜放送へのリクエストだけは十中九割九分九厘、拾われるというリクエスト運だけには恵まれていた。

「キータン(DJの愛称)が読んでくれますように」

なんてことは、もはや祈らない。当然、私のはがきは採用されるのだ。ラジカセのスイッチに指を当てて、私はフランソワーズ・アルディを待った。

「では、次のリクエストは、ぐっと二のセンでメランコリックにいってみまひょか。じわ〜んとさせまっせー。フランソワーズ・アルディの『さよならを教えて』」

Sous aucun prétexte, je ne veux
Devant toi sur exposer mes yeux
Derrière un Kleenex
Je saurais mieux
Comment te dire adieu……
Comment te dire adieu……

「こめんてゅ　でぃ　あでゅー」

「こめんてゅ　でぃ　あでゅー」

ラジオから流れてくるアルディの、はじめて聞いたその歌のさびの部分を、私はフランス語の意味もわからず口ずさんだ。

DJ、キータンの言うとおりに「じわ〜んとさせまっせー」な曲だった。どんなに私が、どうということない外見のどうということない頭の、平々凡々たる存在であろうとも、その曲を聞いているあいだは、コートダジュールでむなしい火遊びをして地位のある中年男を翻弄し、今朝ママンが死んださびしさを忘れようとしている美少女のような気分にさせる。この気分がどんなに自分に不似合いであろうとも、この曲はヒトから客観性を忘れさせる「純文学的顔文不一致の法則」にのっとった、まやかし効力があった。

「こめんてゅ　でぃ　あでゅー」

アンニュイにつぶやきながら、あしたはサガンでも読んでみようかという気分に私がとっぷりひたっていると、キータンが言った。

「いやあ、ええ曲でんなあ。リクエストしてきた人がまたすごい。力石理気子さんやて。りきいし・りきこ、て読むんかいな。力石ゆうたら『あしたのジョー』のライバルやがな。こりゃ、すごい強そうな名前や。力石理気子さん、あんたはんのリクエストで、『さよならを教えて』でした。りきいしさん、聴いてはりましたかー」

力石理気子！　りきいしりきこ！　と、キータンは何度も名前を読み上げた。

＊

そう、力石理気子。これが私の名前。

名前をつけたのは死んだおじいちゃん。なんで、りきこ、って名前が、りきいし、って名字にくっつくとヘンだって思わなかったのだろう。いくら漢詩の素養があったからって、こんなとこで韻《いん》をふむことなかったのに。

「役所にとどけたときはなあ、力石力子と用紙に書いたんやが、役人が〝りきいし・かこ、ちゃんやね。かこちゃんか、ハイカラな名前や。かわいいやんか〟なんて言いおって、こりゃいかん、て思うて、熟慮の上、理気子にしたんやぞ」

旧家力石家の伝統と格式を体現する子になってほしい、それがおじいちゃんの望みだった。

「大東亜戦争敗北後、マッカーサーがおしきせの民主主義をわが国に持ってきよった。みーんな変わってしもて、代々軍人を輩出した当家はおちぶれ、このザマじゃ。伜《せがれ》が巣鴨から出てきたときにゃ、いつのまにやら日本はアメリカナイズとかにされとって、そら長いこと待って、やっとのことで初孫のおまえの顔を見たとき、わしは思たんや。この子は次の戦いに備えて育てると」

って、おじいちゃん、次の戦いってなんなの？

「武道でいうところの〝気〟とは精神統一力。合気道の〝気〟や。いついかなるときも理論的で〝気〟のある人間に育ってほしくて理気子と名づけたんや、わかるか理気子！」

おじいちゃん、いまわのきわでもそう言ってたおじいちゃん、私を三銃士にでもしたかったの？

「大日本帝国陸軍、万歳！」

って死んでいかないでほしかったよ。困っちゃうよ、そんなこと言われて残された身としては。１０００坪の広いばかりのわが家で、小さいときから剣道、合気道、なぎなたやらされて、中学生になったらゲートル足にまかされて行進の練習までやらされて、私、一応、ひとり娘じゃなかったの？

　記憶の糸をたぐっても、中学生になるまでの私には、父母がだだっ広い家のどこにいたのかさっぱりわからない。中学生になるまで父母と濃厚な接触をした記憶が三回しかないのだもの。幼稚園の入学式（母がつきそった）と小学校の入学式（父がつきそった）、それと指を切って怪我《けが》したとき（父母の在宅中だった）。その三回。各々の卒業式は知らない男の人が来てくれた。今でも疑問なんだが、あの男の人はいったいだれだったのだろう。

「理気子くん、卒業おめでとう。こっちに来たまえ」

　って、聞きなれない標準語をしゃべって、卒業証書を持った私の手をひいて車に乗せて家まで連れて帰ってくれた人。茶色い制服みたいなのを着てたっけ。

　いちどその人のことをおじいちゃんに訊いたら、

「あれは三島由紀夫という者」

　なんて真顔で言うから、一時期は、私は信じて、学校で言って、そして同級生にバカにされて笑われた。先生まで笑った。

たいていだれもいなかった家のなかには、私とどういう「関係」の人なんだかちっともわかんない人がたまにうろうろ歩いてて、廊下でふとすれちがったりはするのだけれど、しゃべることもなく、広い家の、東の棟の六畳間に、私はいつもひとりっきりだった。

火曜と金曜に武道の先生に二時間ずつ会って、日曜に行進の練習でおじいちゃんに会って、父母とはめったに会わなかった。ごはんだってさめたのがメモといっしょに台所に置いてあって、それを食べてたから、私はいまでも強度の猫舌。

おじいちゃんのことは好きだったよ。めっかちいで鬼がわらみたいな恐い顔をしてたし、じっさい怖かったけど、おじいちゃんとはなんかしらないけど話しやすかったから。でも、死ぬときに手をにぎって、

「大日本帝国陸軍、万歳！」

じゃあ、困っちゃうよ。あのとき私は十五歳で多感な年齢だったんだからね。困っちゃうよ。

困っちゃうまま、大学生になって帝都に出てきて、空手部に入って、かわら割りの練習用にとゴミ捨て場に捨ててあった雑誌の束を下宿に持ちかえって、

「とあーっ！」

と、ぶっちぎっているうち、どれかの雑誌のページがひらりと風に舞い、そこにはＳＦ大賞の公募の記事が。

それだけのことなの。

*

ただ、それだけのことで、たまたま小説というものを書いてみたら、たまたま入選してしまって、そのまま書いているうちに、光陰矢のごとし、歳月人を待たず、芸術は長し人生は短し、少年老いやすく学成りがたし、千里の道も一歩から、この一歩は小さいが人類にとっては偉大な一歩である。げに人生の妙とは、まさかこんなに長く独身で処女で男女の肉体のからみの小説を書くことになろうとは、思いもよらなんだ。

子供のころから武道の練習時以外はひとりっきりですごしてきた私にとって、室内でひとりで行う仕事というのは向いていた。今だって向いているんだろう。向いているんだろうけど、なにかけっこうだいじなものをひとつ、今日まで歩いてきた道の、だいぶ向こーうのほうに忘れてきたような気がして、はて、なんだったっけかなあ、なんだっただろう。

「なにか落としてきちゃったなあ…」

って、すごく不安になってきて、不安はどんどん大きくなってきて、ミ　ソ　♭ファソ、ミ　ソ　♭ファ　ソ、ミ　♭シ〜、♭シ〜ミ。おどろおどろしい『ウルトラQ』のオープニングメロディが内耳にこだまする。あれはバルンガ。土星から来た怪獣。『ウルトラQ』のなかでいちばん怖かった。空一面にひろがる陰鬱なぶよぶよのかたまり。モノクロだからよけいに怖かった。今でも夢に見るバルンガ。不安と憂鬱と恐怖の象徴として。ミ　ソ　♭ファ　ソ、ミ　ソ　♭ファ　ソ、ミ　♭シ～、♭シ～ミ。バルンガが体内に寄生して、もっともっと不安は大きくなって、対処できないくらい大きくなって、腐ったごぼうのようなバルンガの触手が、目から耳から鼻孔から、口から乳頭から、髪の毛穴から、ぶちっぶちっととびだしてきそうになって、そこでようやく私は落としてきたものをつきとめた。

「女だ」

女。牝。♀。時間を道にたとえるならば、現時点までの道のりの、ずいぶん遠くに、これを私は落としてきちまった。

「…………」

バルンガを体内に飼いながら、バルンガが体内で暴れるのに手を焼きながら、そうした末に私はドライバーの柄《え》を用いて処女膜を破瓜した。膜を破瓜した膣からバルンガは、しかし、出ていってくれることはなく、寄生媒体をただあざけるだけだった。

「哀れブス、大人のおもちゃに処女ささげ」

ものを書く仕事についたころに流行した漫才師のギャグを、私は青空を見上げて復唱したものだ。あの漫才師は、ブスという語をどんなふうに思ってこのギャグを発したのだろう。「シャールロワ生まれで、父親はロボット工学の博士」のような外見の女のことを想定していたのだろうか。

だれかとセックスをすればよかったのだろうか。

だれと?

する相手を、私は持たなかった。今も持たない。どのようにすれば男性の目に女性として映るのか、私はそのすべがわからなかった。私はつねに「だいじな友人」として彼らに映った。

「あなたはだいじな友人です。性差を超えて」

私が知り合う男は全員が言った。

「美しい友よ、わたしはあなたに偉大なる好意と友愛を抱いている」

と。ことばの表現をそれぞれに変えて。
ミ　ソ　♭ファ　ソ、ミ　ソ　♭ファ　ソ、ミ　♭シ〜、♭シ〜ミ。私は懸命にウルトラ警備隊を呼ぶ。はやくバルンガを退治してください。だがウルトラ警備隊は来てくれず、ロマン・ロランか中里介山か、はてしなく長い孤独の夜がつづく。夜はいったいいつ明けるのか。

*

社員旅行の露天風呂でふたりっきりになったとき、課長がタッチしてきたの。いきなりオ◯ンコに指を入れられて——。

（『スマイル』より）

＊

オ◯ンコというのは、これはオマンコのことか。私は『週刊文秋』をはたと閉じた。オマンコという語はいつも私を覚醒させる。

「はっ、オマンコ。仕事しなくちゃ」

背筋をのばし、ワープロのスイッチを入れた。力石理気子、三十四歳、著述業。男と女の描写ならまかしといてよ、一晩、１００枚。剣道と合気道となぎなたと空手で鍛えたこの腕で、想像でいっくらだって書いてみせるわラブシーン。

だから教えて、ひとつだけ。だから教えて、バルンガにさよならする方法を。だれか教えて、こめんてゅ　でぃ　あでゅー。

第二章　恋のバカンス

ここは青山、青山のバー。なんて驕《おご》ったひびき。青山のバー。花咲き花散る帝都の夜。私は青山にいる。

「待ってるだけでは恋にはめぐりあわない。すすんでめぐりあいの機会を自分からつくりましょう」

と、こないだ女性雑誌の「恋愛特集」でインタビュー受けたとき答えた。そのまま自分に言い聞かせて。

だから青山のバーに来た。こんなとこに来るのははじめてだ。私の辞書に青山のバーという文字はなかった。そういう華やかな甘い香りのするものがなかった。

学生時代は空手部と仕事の両立でせいいっぱいなうえに経済的にも苦しかったし、卒業後数年は経済的にすごく苦しかったし、今は経済的にはふつうだが時間的に困難だ。それに、甘いものに触れるべき年代のころに触れなかった者は、あとで触れようとしても触れ方がよくわからない。よくわからないからうっちゃってしまう。

「そういう姿勢はよくありませんね」

とも、インタビューで答えた。答えた責任もあって青山のバーに来た。

なんと人がいっぱいいるのだろう。こんなにたくさんの人がいる空間にいるのは大学の卒業式以来だ。いつも私が見かける人といや、スーパーのレジの人とか、区民体育館の人とか。

FAXが普及する前は二ヵ月に一回くらいは編集者に会ったものだが、普及後は年に二回ほど会うだけだ。原稿枚数が多い単行本の編集者に。あとはまず会わない。短編しか依頼のない会社には会ったことのない「担当編集者」さえいる。だから女性雑誌のインタビューは、人と会えるから受けるようなものだ。それとて時間にして一時間。人数にして二人。かわいい女性記者とお茶を飲んで話すつかのま。

「すぅーっ」

私は息を深く吸った。人がいる。なんという新鮮さだ。こんなに人がいる。ここは青山。青山のバー、『セ・マタンノワール』。

ウィスキーのCMにも出ている有名な絵描きさん（六十四歳）の個展のあとのパーティである。

絵描きさんは、私が学生だったころ、とてもよくしてくだすった。

道でコンタクトレンズをおとして、かがみこんでさがしていると、たまたま通りかかった彼がいっしょにさがしてくれたのが知り合った縁。

鶴のように凛《りん》とした人なのに、

「きみの小説でよくオナニーさせてもらっていましたよ。女学生とは知らなかった」

と、笑ってらした、そんな人。ときどき図書券を郵送してくださって、たいへんありがたかった。その金額があまりに高額でないところも。

絵描きさんは、私が大学を卒業した年にスペインに行って、ほとんどをスペインで過ごしているのでたまにしか日本にいない。その、たま、なのが今日だ。

「理気子ちゃん、たくさん食べていきなさいね」

挨拶のあと、絵描きさんは言った。

「残りものをおみやげにしてもらってもいいんだよ」

さすがに学生のときのように、毎食のごはん代にも悩むことはもうないのだが、絵描きさんはいつも私の経済状態を心配してくれる。

「ニットのスーツか。うーん」

絵描きさんは私の洋服を見た。

「へんですか？　こういう服、着なれないもので。いつもジーパンだから……」

「へんですね。理気子ちゃんはそういう丸の内の秘書みたいな服じゃないほうが似合うと思いますよ」

「そうかなあ」

「もっと派手な、テカテカ光るような生地でぴたーっと身体にはりついた、背中がばーんとあいてるようなのを着てくれればよかったのに」

「背中がばーんとですか?」

「そう。ばーんと。ウエストのくびれまでばーんとあいてるようなやつ」

「持ってませんよ、そんなの」

「きっと似合うと思うよ。こんど向こうに帰ったとき、なにか見つけて航空便で送ってあげましょう」

「ありがとうございます。コモエスタ、ベサメムーチョ、クアトロ、テキエーロ」

知っているだけのスペイン語を言っておじぎをする。

「は、は、は。ベサメムーチョは気安く男の人に言ってはいけないよ」

前から変わらず鶴のように上品に笑う絵描きさん。

「そうですよ、意味を知ってます?」

絵描きさんの横から、ひとりの男が話しかけてきた。

「それは、もっとキスして、っていう意味なんですよ」

「そうでしたか。はじめて知りました。教えてくださってありがとうございます」

「どういたしまして。ぼくもスペイン語で知っているのはそれだけだから」

男は屋内なのに黒いつばのある帽子をかぶっていて、顔がよく見えない。くれた名刺には、写真の雑誌や写真集をよく出す会社の名前が記されていた。

「デザインとか企画とかを担当してるんですが……」

と彼が言ったところで、

「理気子ちゃんじゃないの。久しぶりー」

と、大きな声で星野えりかが肩をゆすぶったので、私はくるりと彼女のほうを向いた。

星野えりかは第三勧業銀行に勤めている。絵描きさんのファンで、旦那さんが、私がよく原稿を書く出版社の編集者であり、同い年であることもあってなかよくなった。学生時代の同級生はみな子育てに忙しく疎遠になってしまった私にとって、子供のいないえりかは数少ない話相手のひとりだ。

「こんばんは。今日は星野さんは？」

「さっきまでいたんだけど、マージャンするからってすぐ帰ったの」

子鹿のような目をくりくりさせる。この目で定期預金をすすめられたらさぞかし多くの老若男女がはんこを押すことだろう。

「さっきまでいた？　顔をみなかったわ」

「ここ、いっぱいの人だものね。かっこいい男を見つけようにも、どこにだれがいるのかわかんない」

「かっこいい男か……」

知的じゃない男。いわゆる好みのタイプというのがあるならば、私の場合はこれだ。ずっとずっと昔から、私が「あっ」とか「ピン」とか思うのは、モ×モウに近くて、本を読まなくて、毛深くて、胸部、脚はもちろん、手の甲にもうじゃうじゃ毛がはえてて、毒をもってても腹いたをおこさないくらい大食の、権力のないラスプーチンか人殺ししない岡田以蔵のような、風邪をひかない、煙草を吸わない、ゴルフをしない、よく歯をみがく人。昔から、ずっとこれ。なにもぜんぶ満たしてなくてもいいの。こんなふうなことのうち、ひとつふたつを満たしていれば、もう「あっ」で「ピン」なんだけど、私がいくら「あっ」で「ピン」と思っても相手はちっとも私にはそう思わなかったというシンプルな事実。「だいじな友人ですから」って例のアレよ。男性に性的なものを訴える能力を私は大幅に欠いている。

「かっこいい男なんか」

私はえりかの横で、ぶすっとカウンターに頬づえをついた。

「いたってどうせ私には縁がないわ」

「なに言ってるのよ。その〝どうせ〟という気持ちを持ってしまったら、ぜんぶがパーになるのよ」

「いままでもパーだったんだから、これからもパーよ。なまじ期待を大きく持ってるとがっかりする度合いも大きいじゃない。〝どうせ〟と思ってたほうがラクじゃない」

「そんなの逃げ口上だわ」

えりかはワインをぐっと一気にあけ、私にも飲めとグラスを渡した。

「ラクにしとこうっていう魂胆は、いちばん逃げてるのよ」

「逃げたくもなるよ」

今まで私が男からもらった答えはオール「否」。否。否。否。否。否。否。否。否の砂漠にバルンガの棲む。

「なんで？　六十二歳の大金持ちのベルギー人と結婚して陰で十七歳の下男とデキてる若い後妻みたいな外見なのに」

「田島大吾先生みたいなこと言うのね」

「田島先生？　もしかしてまた高校のときの先生とか言うんじゃないでしょうね」

「そうよ。生物の先生」

「またこれだよ。理気子ちゃん。本人を前にして正直に褒めるのって恥ずかしいことなんだよ。それをわたしがやってあげてるのに、なんでそっちに意識を向けないで、田島なんとか先生のほうへ回路を作動させるのよ」

「だって、思い出したんだもん。ベルギーってので」

「田島なんとか先生のことはいいから、とにかくそういう外見で、なんで男ができなかったの？」

「そういう能力を欠いてるの。えりかちゃんは女の人だからいいように私を見てくれるのよ。男の人にはそうは映らないと思うよ」

「女の武器を使わないからよ」

「ないのよ」

「ないって、なにが」

「だから武器よ。ない袖《そで》はふれぬ、って諺《ことわざ》があるでしょ。ない武器は使えぬ、ってのこないだ作ったの」

「否」も積もれば麻痺《まひ》となる、というのも作った。あまりに男から「否」と返されているうち、「諾」がもはや想像できなくなること。

「そんな諺、作るな」

えりかはまたワインをぐっと飲み、私にもグラスを渡す。

「大西さんはいつ塀の中から出てくるのよ。面会に行ったりしてるんでしょ」

「たまーに。あんまり来てほしくはないみたいで」

大西さんというのは刑務所に服役している。おととし裁判中にめぐりあった。猜疑心《さいぎしん》の強い陰険な性格の私がすべて心を開いた希有《けう》な友人である。

「大西さんのこと、話でしかわたしは知らないけど、なんで大西さんとヤらなかったの？」

「あんたじゃ勃《た》たない、って」

「えー、なんでー」

「友人だから」

世にも稀《まれ》なる男女間の固い友情が、いつも結ばれてしまう私。

「でも……」

えりかはなにか言いかけて、そしてだまってしまった。私はぐっとワインを飲み、えりかにグラスを渡した。

「えりかちゃんは、小磯良平の絵の女の人みたいな外見をしてる」

それは本当で、前からえりかに会うたび小磯良平の絵を思い出す。今夜の絵描きさんの描く絵とはずいぶんちがう絵だが。

「とにかくね、たとえほんのすこしの望みであっても持ちつづけなければ、ゼロになるのよ」

「それ、昼間のインタビューで私が答えたことだわ」

「そうでしょう。雑誌にはそう言っといて実行しないのは詐欺よ」

「そうだね……」

体内に飼うのはバルンガだけにしなくては、獏《ばく》まで飼っては夢もなくなる。

「ここは青山、青山のバー」

だからこうしてここに来たのだから。

「そうよ。かっこいい男をさがしなさいよ」

「かっこいい男ね……」

知的じゃない香りはせぬものか。馬肉の刺し身（しかも、ちょっと古いもの）の匂いに似た、革製品の店に入ったときの匂いに似た、あのプリミティブな香りは。

「ひくひく、くんくん」

鼻を動かす。なにか匂う。どこからか匂う。古い馬刺しがこの会場に？

「なにやってんの、やめてよ。富豪のベルギー人の後妻の顔で小鼻を動かすのは」

「かっこいい男を嗅ぎつけようとしてるんじゃないの」

「理気子ちゃんのかっこいいっていうの、ヘンなんだもん。ダニー・デヴィートがセクシーだとか言うでしょ。『ツインズ』も、シュワルツェネッガーじゃなくて、あっちをほめるんだから」

「セクシーじゃないの。風邪ひかないかんじがするもん。シュワルツェネッガーはあれで意外に風邪ひきやすそうで」

「なによ、それ」

「死んだおじいちゃんも言ってたわ。最前線でも生き残るやつというのは歯を見ればわかるって」

「理気子ちゃんのおじいさんって……。ああ、一回、アルバムで写真を見せてもらったことある。丹下段平に似た人」

「そう。終戦直後、進駐軍に石投げて殴られて左目を悪くしたの」

「ふうん。声も似てた？　丹下段平に」

「もっと低くて怖い声だった。あんな愛嬌はなかった。冬に剣道の素振りをやらされて、石の入った雪玉を投げてきて、それを竹刀《しない》で打ち落とせって、びゅんびゅん投げてきたから、打ち落としそこなったのがここに当たって――」

顎《あご》をえりかに突き出した。

「ほら、ここ。傷が残ってるでしょ。その雪玉にはね、なかにとがった釘が入ってたの」

たらーっと血が顎からしたたってきたのに、

「〝めめしいっ！　それでも軍人の家の子か！〟って怒鳴られて、一生懸命、雪玉を竹刀で打ち落としたんだけど、また失敗して、それは手で払い打ちしてしまったのね」

雪玉は払ったが、ころんだ。ころんで縁側に手をつこうとして、

「おじいちゃんがいつも持ってるナイフが剝《む》きだしで置いてあったからそれで指がシャーッと切れて……」

今でも思い出す。雪の上に血が、まさしくシャーッと赤く鮮やかに散った。

「えっー。それ、いくつのとき？」

「小学校五年。痛かったわ、ほら」

右手の中指と薬指をえりかに見せた。あのときざっくり切れた私の指には、いまでもひ

きつれた傷痕が残っている。

「それで、どうしたの」

「血にびっくりしたの。指って顎よりどぴゅどぴゅ血が出るの。びっくりして竹刀を投げて、走って母親をさがしたの」

中学生以前に父母と接触した三回のうち、入学式ではないあとの一回がこの怪我のときだった。家のなかが広いので、母親のいる場所がなかなか見つけられなかった。いったい、いつも父母はどこにいたのだろうか。中学生になるまで、私は家のなかでも迷っていた。つぎつぎと改築されて、迷路のようになっていて、低学年のころはそういう構造的な面でもたついていたし、高学年になってからは、構造的なことではなく、なにか「家」のことについて、その経済基盤や父と母の状態などについてだれにも質問してはならぬような暗黙の掟《おきて》があったために。

「やっと母親を見つけて、右手を彼女に差し出したときは、おさえてた左手にいっぱい血がたまってて、怒られたわ」

「えーっ、なんで？」

「〝あんたっ！　畳や絨毯《じゅうたん》に血をこぼさへんかったやろな！　畳と絨毯は昨日、新しいもんに替えたばっかりなんやで〟って」

「えーっ」

「泣きそうになってセーターで傷口をおさえたら、頬をぶたれた。〝大袈裟《おおげさ》なっ、指やさかいぎょうさん血が出るだけやっ〟って」

「そ、それで?」

「頬をぶたれたので、今度は鼻血が出た。手はもう指の傷でふさがってたから鼻血はそのままたらしながら、母親のいた部屋を出た」

「そ、それで?」

「廊下で父親と会った」

「どうした? お父さん」

「昨日の方角を見てた。そのまますれちがってどっかへ行った。巣鴨から出たあと、ちょっと心がおかしかったし」

「そ、それで?」

「どうしたのかな。とぼとぼ廊下を歩いてたら、なんか家のなかにいた、どういう人かよくわからない〝楯《たて》の会〟みたいな服着た男の人が包帯をまいてくれて、鼻の孔に脱脂綿を入れてくれたような気がする」

「タテノカイ?」

「うん」

「タテノカイって福祉事業団かなにか?」

「どっかで〝写真で見る昭和史〟みたいなの見ることがあったら見といて」

その人が卒業式に来てくれた人だったのだろうか？　鼻血と顎血を両方たらして指からもどぴゅどぴゅ血が出ていたので、集中力を欠いていた。

「よくグレなかったわね」

「なんで？　ごはん食べさせてもらって学校の教材とか買ってもらったり服買ってもらったりしてる相手に」

「そりゃそうだけど、でも、そんなことを言うなら、絨毯と子供の怪我とどっちがだいじかを考えるのも親の養育義務に内包されてることじゃないの。そのとき小学校五年だったんでしょ。義務教育中じゃない」

「そうか……考えたこともなかった、そこの点」

「そうよ。ましてや、理気子ちゃんは女でしょ。法律でも、女の人の容姿を傷つけた場合は男の人の場合より罰金が高いのよ」

えりかは私の顎をなで、右手を両手ではさみ、はさんだあとは、

「気の毒に理気子ちゃん……。三十路になっても痕が残っているような怪我なのに、畳と絨毯を血で汚してはいないかなんて質問されたうえに、鼻血が出るほど殴られるなんて。女児虐待よ。なにか悪いことをして殴られるなら、そういう教育というものもあるのだろうけど、なにも悪いことをしたわけじゃないのに」

と、私の手をさする。えりかの長いまつげと可憐なうなじ。

「気の毒に……。そのころってったら日本人がみんなで万博で浮かれているときだったのに、そんな太平洋戦争中の教練みたいなことをさせられて……」

そういえば母は小柄な人であるのに、頬をぶつとき、なぜあんなに力があったのだろう。うちは遺伝的に力が強いのだろうか。

「理気子ちゃん、また論点がずれてるわ。そういうことじゃないでしょう。あいかわらずネジをかけまちがえてるわ。回路がおかしいわ。そんなふうだからシンナーも吸わずに登校拒否もせずに成長していったのね」

「あ、私の行ってた高校ね、すごくたのしい高校だったの。田島先生も妙な人だったし、みんななかよくて。だから学校行ってくつろいでたの。リハビリというか」

「ふうん……。理気子ちゃん、よく〝死んだおじいちゃんが〟って言うからさ、私てっきり理気子ちゃんのおうちってほほえましい家のように思ってた。そんな軍隊みたいな家じゃなくて」

「ほほえましかったよ、それなりに」

あらゆる「家」にはその「家」の数だけの光があり、その光の数だけ陰もある。

「平和に乾杯」

えりかはワインをぐっと飲み、私にもグラスを渡した。貸切りパーティなのでいくらでもワイングラスがある。

「こないだベルギーとかルクセンブルクとかに行ったのよ」

「あ、それでさっきみたいな六十二歳の富豪の話が出たのか。どうだった？」

「団体旅行だったから、あたふた駆けまわってばっかであわただしかった。パリも行ったの。パリってもっと美形が多いのかと思っていたのに、そんな人、ちっともいなかった。やっぱりブラッド・ピットみたいなのはアメリカにいるのかなあ」

　えりかはワインがまわりはじめたようだった。

「ブラッド・ピット？　あの人って美形？」

「美形よ。わたしは正統的な美形が好みなの、ジョン・ローンとかジュリアン・サンズとか。理気子ちゃんみたいにダニー・デヴィートが美形に見えるようなへんてこな目は持ってないわ」

「べつにダニー・デヴィートが美形だとは思ってないわよ。風邪をひかなさそうだからセクシーだって言っただけじゃない」

「セクシーだってことは美形ってことでしょ」

「ちがうよー。主観と客観はべつのもの。たとえばブラッド・ピットが〝魅力的〟だとか〝好き〟だとか言うなら、人の趣味だから文句ないけど、客観的に〝美形〟かなあ。あの人、横から見たとき、小鼻から上唇にかけてのラインが狂ってない？　ジュリアン・サンズも横から見ると鼻の配分が多すぎる」

「なんてこと言うのよ。あんなハンサム、つかまえて。ブラッドくんやジュリアンさまをさしおいて、だれを美形というの？」

「ビョルン・アンドレセン」

「うん」

「ビョルン・アンドレセン？　ひょっとしてそれ『ベニスに死す』の子？」

「やだ、ちょっと。また古い人を持ち出してきて。あんなのが好みなの？」

「ううん。ちっとも」

「だって、今、ビョルン・アンドレセンこそ美形だって言ったじゃない」

「だから、客観的に美形だって言っただけで、好きとは言ってないよ。顔のデザインの完成度と好悪の感情とはべつのもの」

「そうかな。美しいとかきれいに見えるってことは、好みが決定することじゃないの」

「そうかなあ。べつものだと思うけどなあ。武田久美子みたいな人がいいなあ」

「武田久美子？　だって女じゃない」

「だからコンセプトが武田久美子みたいな男の人」

「どういうの？」

「どういうのって、そういうことよ」

説明すると武田久美子の悪口だと誤解されそうで、私は話題を変えた。えりかのベルギーやフランスの話を聞いた。外国旅行というものを一度しかしたことのない（大学生のときに行った空手のアメリカ大会のみ）私には、彼女の話はとてもたのしかった。

私たちは『セ・マタンノワール』のカウンターに肘をついていて、カウンターにはつぎつぎとワインの入ったグラスが置かれるので、知らず知らずのうちに、どんどんワインを飲んでいた。

「うちの旦那もさあ、知り合ったころはブラッド・ピットとは言わないけどォ、キアヌ・リーブスくりゃいにはさァ、けっこうさァ、美形だったのよォ」

えりかの呂律《ろれつ》が乱れてきて、

「前に写真見せてくれたもんねェ。ナイーブっていうんですかァ」

私の呂律も乱れてきたが、

「そうなの。ナイーブなセンだったのに、ねえ、理気子ちゃん、男の人って女の人以上に外見が豹変すると思わないィ？」

「そうかもしんない。男の人とつきあったことないからわかんないけどォ」

ふたりとも同じペースで飲んでしまっているので気づかない。

「ああ、なんだかすごくたのしいなー」

「私もー」

ふたりとも気が大きくなって、そばに人が来るたび、

「こんばんわァ」

と挨拶をし、私はそのつど名刺を渡した。えりかはそのつど第三勧業銀行の新型貯蓄プランを勧めていた。

「あのさァ、私ね、よく考えたらァ、お酒がそんなに飲めないんだったー」

ビールの中瓶一本くらいが適量である。この店のワインは淡白な口当たりのもので、グラスが空になるたび、店員さんが「どうぞ」と新しいのを出してくれるものだから、出されるままに飲んでいた。

耳が遠くなって、あたりの照明や貴金属類がきらきらしてて、ここはなんて人がいるのかしら。

(人がいる。こんなに近くに、人がいっぱい……)

壁に描かれた大きな絵。絵描きさんの絵。バクハツしてるみたいな太陽とダンスしてるみたいな海と波。あれはどこの街なんだろう。どこか知らない、行ったことのない外国の海辺の景色。

絵の前で絵描きさんが笑ってる。みんながつぎからつぎへと写真を撮ってる。ぴか、ぴか、ぴか。カメラのフラッシュが光る。波のしぶきのようだ。

ゲストのバンドがザ・ピーナッツの歌を演奏している。歌のなかでくりひろげられる恋

は、まるでこの世にもありそうに錯覚させるけれども、ほんとうはそんなものこの世にはなくて、ないからみんな歌をうたう。

ロマンスなんて愛なんて恋なんて、そんなものは砂に寄せる波。錯覚。でも錯覚するには力がいって、さっさと錯覚できる人にかぎって「あたしっていつもどこかで醒めてるの」「俺、恋愛はいやなんだ。体質にあわない」なんてことを言う。そういう人にかぎって、いつもだれかといっしょ。醒めてるわりにちゃんと十二月二十四日と二月十四日と三月十四日にはだれかと約束が入ってる。ちゃんと東京ディズニーランドへはペアで行ってる。

それにしてもザ・ピーナッツのこの歌はへんな歌だな。「ためいきの出るような／あなたのくちづけに／甘い恋を夢見る乙女心よ」とは。キスをしてから甘い恋を夢みるというのはへんではないか。甘い恋をしたからキスをするんじゃないの？

そうか。これは歌なんだものね。嘘なんだからそれでいいのか。いいのかな。いいんだろうね。嘘は花。嘘は星。嘘は鳥。嘘は雪。嘘は恋。嘘は愛。嘘はティファニー。ワインがまわってとてもしあわせ。

「キャアッ」

えりかが急に叫んだ。思索をひきさく妖しい悲鳴。ごきぶりを見つけたときの悲鳴とはことなる。ごきぶりを見つけたときの悲鳴はぎゃあっ、妖しい悲鳴はキャアッ。

「やだ、だれっ」

えりかは身体を反転させた。だれかがえりかの臀《しり》をさわったためである。えりかにつられて私も反転した。

反転すると、そこにはだれかが立っていたが首がなかった。

酔っているために首がなく見えたのではない。ほんとうに首が見えないのだ。身長170センチの私が8センチのパンプスをはいて、それでもなおかつ私の目の前には、その人物の胸部しか見えない。

胸部はラグビー選手が着るようなシャツで包まれている。紫と黒のボーダー。シャツの下はジーンズで、ウエストのくびれのなさと腰つきからして性別は男である。

ず、ず、ず。私はゆっくりと顔を上にあげていった。

「よう、いいケツしてるじゃん」

男はえりかに言った。

〈よう、いいケツしてるじゃん〉

〈よう、いいケツしてるじゃん〉

〈よう、いいケツしてるじゃん〉

なに、こいつ。なんてかっこいいこと言うの。こういうことばは女性への最大の賛辞である。こんなことを女性にちゃんと伝えられるなんて、なんてかっこいいのだ。自分に言われたわけでもないのに、私は感心して、まじまじと男の顔を見た。

「あなた、だれ？」

酔ったいきおいで、いきなり私は質問した。

「二十六歳」

答えになってないことを、男は言い、えりかと私のあいだに入りこんできた。

「こっちの字のほうのシブサワ」

男はカウンターに、澁澤、となぞった。

「名前は？」

「こっちの字のほうのタツヒコ」

男はつづいて、龍彦、となぞった。

「澁澤龍彦！」

えりかも私も同時に叫んだ。

「え？　なんで？　へん？」

190センチの男はきょとんとしている。腕が毛深い。

「だってー、澁澤龍彦とおんなじ名前なんだもん」

えりかが言った。

「だれ、そいつ？」

「だれ、そいつ、って、澁澤龍彦は澁澤龍彦よ」

えりかが男の腹部をばんとはたいた。えりかは155センチなので、その体位の人間がばんと腕を90度動かすと彼の腹部にあたる。

「いて」

190センチで毛深くて澁澤龍彦を知らなくて、えりかにいいケツしてるじゃんと言ったその男はすこし笑った。八重歯なし。歯垢《しこう》なし。

「あなた、風邪をよくひく?」

酔ったいきおいで質問できたようなものだ。

「風邪?　子供のころには。今はめったに」

!　私はショックでワインをさらに一気に飲んだ。一杯あけるとまた一杯飲んだ。また一杯あけてまたまた一杯飲んだ。こんな人と!　こんな人と青山で会うとは。

「バカは風邪ひかないのよ」

冗談の空気を損なわぬ範囲でえりかが言うと、

「うん。中卒だから風邪ひかない」

と澁澤龍彦はえりかの頭をなで、

「あっちでさあ、だれかがあんたを呼んで来てくれって。それで、俺、伝えにきたの」

と言った。

「え、ほんと?　だれ」

「知らない。あんたのほうを指さしてそう言われただけだから」

「どこ?」

「バンドがいるだろ、あの向こうのほう」

「わかった。じゃ、理気子ちゃん、ちょっと行ってくるね」

「うん」

えりかが行くと澁澤龍彦は、

「今の嘘。あの人邪魔だったから。あっちからあんたのこと見つけてしゃべりたくてさ」

私に言い、背後から胸へと両手をまわした。と、その瞬間、

「ハッ」

ばん! ごん! 釘入り雪玉を投げられ、行進をさせられ、合気道、剣道をやらされ、大日本帝国軍人の家の子が泣くなと怒鳴りちらされ、それとあと自分の希望で大学空手部に入った私は我が骨身にしみこんだ武道の心得で、澁澤龍彦の腕にかわら割りをくらわせ、肋骨のあたりに肘鉄拳をくらわせ、さらにワイン瓶をにぎってふりあげたところで、息をのみ、制止した。

「アー、痛」

椅子《いす》にすわりこんで腕と肋骨をさする澁澤龍彦。

(肩書の逆襲だ……)

私は自分の肩書を痛感した。ついてはなれぬＳＦ大賞。アッシュ小説ではどれだけ「肉体と精神の不一致のシーン」をサービスしてきたことか。男にいやらしいことをされた女が口では〈イヤ、やめて〉と言いながら、男に矛盾を指摘される。〈口ではイヤと言ってるがカラダはそうは言ってないぜ〉と。私は何枚、このシーンを書いたことか。

どうせ私はＳＦ大賞、いくらでも書いてやるわよ、こんなサービス。捨てばちの空元気は今こそ逆襲された。

口ではイイと言っているのに、カラダはいやと言う。原稿の逆パターンに著者は襲われた。

（ご、ごめんなさい。武術を使うつもりなんかちっともなかったのに。うれしかったのに）

澁澤龍彦になんと対処すべきかあぐねていると、

「あ」

彼は私の足を見、

「おっぱい摑みそこなったけど、この位置からだと脚の眺めがいいじゃん。そそる足首してるゥ」

と言った。

〈そそる足首〉

〈そそる足首〉

〈そそる足首〉

そそる、足首、してるぅ。してるぅ、るぅ、るぅ……。彼のことばがエコーする。今日まで生きててよかった。ほんとによかった。なんてよかった。私の人生にも、私にも、私のことも、女として牝《めす》として♀として見てくれる人がいたんだ、いたんだ、いたんだ。

澁澤龍彦は椅子にすわった姿勢のまま、立った私のふくらはぎに両手をかけようとした、と、そのとき、どうして？　こんなにこんなに口ではイイワと言っているのに、カラダはそうは言わずに、

「とあーっ！」

しゅっ！　がん！　澁澤龍彦の額を8センチパンプスのかかとでぶん殴ろうとし、すんでで制御し、靴は脱いでつまさきで蹴とばした。

「痛ーッ」

額をおしぼりでさする澁澤龍彦。

（ど、どうしよう。どうしたらいいの。カラダがイイワと言ってくれない）

雨ニモ負ケズ、風ニモ負ケズ……なんとかかんとか中略して……口ではイヤイヤと言いながらカラダは悦楽にうちふるえるような女に、私ハ、ナリタイ。

さあ言え、カラダよ、イイワと言え。脳は指令を出すのだが、カラダはひたすら困っていた。靴を脱いだために片足を宙ぶらりんに上げたまま。

澁澤龍彦は椅子にすわったまま、顎をひいて私を見、それから椅子の近くにころがった靴を指にひっかけて、私の宙ぶらりんになった足の下に置き、私がそれをはこうとしたとき、さっと足首を摑んで、そしてつまさきを口に入れ、舐めた。そして靴をはかせた。

「なになに？　どったの？　ＳＭショー？」

周囲にいた数人が歓声をあげた。私は靴の嵌《は》められた足をかたりと床におろした。『セ・マタンノワール』が遊園地のびっくりハウスのようにぐらぐらまわっているように見える。

（お礼を言わねば）

澁澤龍彦の騎士道精神に私は感動していた。うちふるえていた。海よりも深い感謝と賛美の意を示したかった。だが、あまりの感動に私はすべてのことばを失い、がくんとカウンターに肘をつくだけだった。

「水飲んだら？」

澁澤龍彦は私の横に立ち、水の入ったグラスを口に押し当てた。水を飲んだ。彼はなにか茶色の液体を小さなグラスで飲んだ。とても濃い茶色の液体で強い匂いがする。『セ・マタンノワール』はますますぐるぐるまわった。

「外に行って風にあたろう」

彼は私の手首を摑んで引っぱって行った。うしろから彼を見て、なんてこの人は大きい人なんだろうとあらためて思い、なんて地球はまわっているんだろうと思う。

店の外は冷たい風が吹いていた。ドアから五、六歩、ビルとビルのあいだの一メートルも幅のない、コンクリートとコンクリートの壁のあいだ、そこで彼は言った。

「欲しい」

がーん、と衝撃を受けている暇も、泥酔により武術を使う暇もなく、彼はキスした。ニットのスカートがコンクリートの壁におさえつけられてガリリとすれる音がし、それからスキューバ・ダイビングだった。

酸素ボンベからのゴムホースを口に入れるときの、異物が口のなかに挿入される、他者の付属物が自分の口を侵略してくる、そんなかんじのおぞましさに身をすくめつつも、いざ海にもぐれば、まったく音のしない、声も聞こえない海中で、頼みの綱はやっぱり、そのおぞましいゴムホースしかなく、喉を上下させるくらいに強く必死に異物を吸い、唇でとらえ、ときには噛み、あふれる唾液をすべて呑みこみ、呑みこめば、それはますます暴れだして、口蓋《こうがい》を掻《か》き、頬の裏を掻き、やがて自分の舌、歯、歯茎、喉、喉の奥の奥まで侵略されつくし、手足の身動きままならず、くらげのようにゆらゆらと、ただただすがるように吸う酸素ホース。閉じたまぶたはときおり開き、沈黙の海底で音なく声なく響きなく、まなじりに閃《ひらめ》くは泳ぐ魚の鱗《うろこ》の極彩色、地球の自転にあわせるがごとく極彩色はゆらめき、我が身もゆれる、そんな海の密室のエロスがスキューバ・ダイビングなんだろう、きっと。

「欲しい、ここで」

スカートがまくられ、私もよ、と言いたかったが、言えず、私の口から洩れる嗚咽《おえつ》。

「ゔ、ゔ、ゔ」

突然、ボンベの酸素が切れたのだ。怒濤《どとう》のようにこみあげてくる吐き気。舌が口の奥深くまで入ってきたのが原因だったと思う。

「き、き、気持ち悪いぃ」

澁澤龍彦をつきとばした。こみあげる吐き気のなか、かろうじて残ったエチケット。このままくっついていたら彼の顔、胸、腹にゲロをかけてしまう。

（ごめん）

言いたかったが、言えば、ことばもろとも吐き出すであろうゲロ、必死で喉に力こめ、駆けだした冬の街。

〈オマンコやりたい〉

落書きされた公衆トイレで嘔吐《おうと》する。とりあえず他人さまに迷惑かけることはなく。あんなに飲むんじゃなかった、ワイン。いまはもう、ワインという語さえ発音したくない。Soupirs du rossignol（夜鳴き鳥のやるせないためいき）。なんでこんな例文だけ、おぼえてるの、私は。ああ、気持ち悪い。とめどなく嘔吐はつづく。

第三章　ゴンドラの唄

右を下にしてみる。五秒、らくになるが、すぐに脳みそが脱水機にかけられているような気分がおこる。

左を下にしてみる。五秒、らくになるが、これまたすぐにみぞおちを象に踏まれているような気分がおこる。

「うぐぅ」

ベッドから抜けてトイレにかけこむ。固形物はなにも吐きだされはせず、液状のものばかりが便器におちる。

口をすすぎ、ベッドにもどり、枕を抱きしめたとたん、すぐにまた横隔膜に蜥蜴《とかげ》がはりついているような気分がおこる。トイレにかけこむ。グレープフルーツ・ジュースの味がする液状のものが口から出る。

もうベッドにはもどらず、そのままトイレの床に腰をおろして頭を壁にもたせかけた。

〈自分がいまだ存在せぬところのものであるように、また自分が現在あるところのものであらぬように存在している〉とはこういうことか。トイレの便器もタンクもペーパーも、ぐるぐるまわって見える。私の目はロンパリになってサルトルのようだ。

こんなに泥酔したのは生まれてはじめてではないだろうか。泥酔のあげく、

（ああ、魚を逃がした）

である。つくづく残念だった。

（それにワイドショーを見損ねた）

それも残念だった。ある俳優の婚約破棄会見があったはずなのだ。彼は映画よりも対談番組で有名である。いつも「ふるさとのあたたかさ」と「家族のやさしさ」というフレーズを口にする。家族そろってＴＶにもよく出る。やさしいお母さんとたのもしいお父さん、かわいい妹。彼がなぜ婚約を破棄するのか、私は聞きたかった。『クローバー一家のぬくもり』という著書まである彼の会見を聞きたかった。

のろのろと起き上がり、ようやく昨夜の服を脱ぎのろのろとシャワーを浴び、のろのろと歯をみがいた。みがいたあと、やっとパジャマにきがえた。

電話が鳴った。割れそうに痛い頭に響く。

「もしもし、理気子ちゃん」

えりかだった。

「どう？　だいじょうぶなの？」

「なんとか吐き気はおさまった。いまは頭が痛い」

「わたしも昼まで痛かった」

銀行は休んだと言う。

「理気子ちゃんの鞄とコート、持って帰ってきたよ」

「ありがとう」

「財布はポケットに持ってたんだったよね」

「うん。だから、鞄のなかにはたいしたものは入ってないの。それよりあの昨夜《ゆうべ》は……大魚を逃がして……」

「なに？　声が小さくってよく聞こえないんだけど」

「あの、昨夜の……」

澁澤龍彦のことを訊きたかった。酔ったいきおいで次々に名刺をわたしたものだから、すぐに名刺がなくなってしまい、澁澤龍彦にはわたしていない。連絡先も聞いていない。どこのなにをしている人で、なんであのパーティに来ていたのかもわからない。

「なあに？」

「あの、その……」

澁澤龍彦という名前を発音しようとはするのだが、発音しようとするとスキューバ・ダイビングのキスが口に一気によみがえり、心臓が早鐘を打ち、脈拍が早まり、発音できなくなる。

「なによ？」

「いえ、その……コ、コートも持って帰ってくれたのよね」

「うん。急ぐ？」

「急がない」

本日一月二十八日。四月はじめまでおしゃれをして外出する用事もないだろう。

「古いコートだね」

「８８００円の安物なの」

十年前に河原町《かわらまち》で買ったメンズもののコート。歩いていて寒かったので通りすがりに吊るされていたものを買った。「すてきなコートがほしいな」というような思いを、私は昨夜まで忘れていた。

原稿を書くこと以外に、私の生活の大半は病院へ見舞いに行くことで占められている。病院には「叔父なる人」がいて、彼が親戚であると「家」から教えられ、入院後にはじめて会った。それまで力石の親族一同は全員、関西地区に住んでいると思っていたので、そんな親戚がいるとは知らなかった。８８００円のメンズ・コートを着てはじめて会ったとき、「叔父なる人」はすでに寝たきりで八割ボケていて、彼のほうも私のことを「よくわからないけど、姪《めい》である人」とだけ思っているようだった。その「叔父なる人」のせわが私の義務になって十年になる。ニュウインヒ（入院費）として毎月、実体不明の団体から私の口座へ入金があるが、数万円の月もあれば数千円の月もある。ゼロの月もある。オテルでオムがアッシュする小説を書く大きな理由に、入院費の一部を支払わなくてはならないことがある。この小説は売文といわれるだけあって即金力がある。

病人のせわをするというのは、決してたのしいものではないが、せわ自体よりもたのしくないのは、原稿を書いているさいちゅうにも病院から呼び出しがあれば出ていかなくてはならないことである。それは生活サイクルを乱すし、仕事の集中力というものをいちじるしく低下させ、低下するとひいては毎月の収入に影響する。

めずらしくだれかと会って食事をし、部屋に帰ると病院から電話がくる。食事をした時間はたちどころに消え去り、病院へ行かねばならぬ生活。それは私の表情から女としての潤《うるお》いを明らかに奪っているだろうと思うけれど、そうした生活もまたサルトルに言わせれば私が自分で選択した自由であるのかもしれない。まあここはサルトルに責任をぜんぶかぶせちゃえ。

「古いコートだけどハンガーにかけておいてあげるわよ」

「捨ててくれてもいいくらいよ」

もう捨てたっていいんだ、きっと。

「うん。もう捨てて。それより、えりかちゃん。昨夜の、澁澤……」

また言えなくなった。

「なによ、さっきから。なんで急に声が小さくなるの？」

えりかに言われ、顔は見えていないはずなのに顔がかーっと赤くなっていくのがわかった。どきどきしていると、

「理気子ちゃん、昨夜来てた人のことなんだけどね」

えりかのほうから言った。

「うん。なに？　なに？」

私は受話器をぴったりと耳につけた。

「昨夜、カスミさんて人が来てたでしょ？」

耳から受話器を、ややはなす。

「おぼえてない。名刺もらったかなあ」

もらった名刺はポケットに入っているはずだが、ぬいだ服のところまでベッドから起きて行く元気がない。

「もらってるわよ」

「カウンターのとこにいたとき？」

「ちがう。わたしと理気子ちゃんがべつべつのとこにいたとき」

「私はもらってないんじゃない？」

「もらったわよ」

えりかはやけに語調を強くする。

「理気子ちゃんと話したってカスミさん、言ってたもん。絵描きさんの専属モデルですか、って理気子ちゃんのこと訊かれたわよ」

「私と話した？　それは澁澤龍彦とおなじ名前の澁澤さんでしょ」

やった。うまくいった。ナチュラルに彼の話題にもっていくことができた。

「ちがうわよ、あんなバカじゃなくて」

罵《ののし》るえりかに、

「あの人さあ、どういう人？」

私はナチュラルをこころがけて訊きつづけた。

「知らないわよ、あんなバーバリアン」

「どういうつながりであそこに来てたのかなあ」

えりかの罵りを聞き流す。

「道路にただよってきた食べ物の匂いで入ってきた通りすがりじゃないの。野良犬のことはいいから、それより――」

「――もらったでしょ？　カスミさんの名刺」

だめだ。えりかはあのあとパーティで澁澤龍彦に関する情報はなにも得なかったようだ。

「じゃあ、もらった」

「なによ、その〝じゃあ〟ってのは。かっこいい人なのよ、その人」

「かっこいいとえりかちゃんが言ってもねえ」

「わたしの判断のほうが一般的よ。ルドルフ・バレンチノみたいにかっこいい人がいたじゃない」

「ルドルフ・バレンチノ？　こりゃまた思いきって古い人を。ビョルン・アンドレセンどころの古さではない」

「じゃ森雅之みたいな人」

「どういう人、それ？　森雅之みたいでルドルフ・バレンチノみたいな人なんて想像できない。だってふたりはまるっきり似てないもん。バレンチノはサイレントの時代だし、森雅之は……」

「んもう。理気子ちゃんはすぐに回路がズレるんだから。いいのよ、ほんとに似てなくても。かっこいいという形容に借りてるだけなんだから」

「そんな二枚目がいましたっけ？」

「わかってるじゃない。二枚目よ。そう、それよ」

ぐずぐずしている私に、えりかはしきりに名刺をたしかめろと言う。

「わかったよー」

のろりのろりと足を動かし、スーツの上着を足でベッドにひっぱりあげる。

「どの人かなあ。カスミさん？」

何枚かの名刺のなかに、たしかにそんなふうな名前のものはあった。

「霞　雅樹、これ？」

思い出した。黒い帽子をかぶって赤いシャツに黒い上着を着て、黒いズボンをはいて、ベサメムーチョの意味を教えてくれた人だ。

「そうよ。その人よ。かっこよくなかった？」

「帽子かぶってたんでよく見なかった。あの人とちょこっとしゃべってるところにえりかちゃんが来たのよ」

「そうだったの!?　わたし、そのときは霞さんのことを見てなくて……」

霞さんとやらの話をえりかはえんえんとした。霞さんの知り合いにA子さんという女性がいて、そのA子さんと霞さんは以前、

「どうもつきあってたんじゃないかな、って睨《にら》んでるの」

で、なぜそう推理するかというと、A子さんとえりかが、たまたま、

「ちょっとした知り合いなのよ」

で、ちょっとしただけゆえに、そんなにくわしいことをA子から聞いたわけではないが、なかなか興味深いことを聞いたことは事実で、そのときの話の男というのが、

「いろいろ考えるにつけ、一致する点が多いのよ」

で、それが霞さんとかいう人であると判断を下すにいたり、そんなふうなラブ・アフェアの存在自体がよけいに、

「かっこよく見せるというか、このォ色男、っていうか、似合ってるのよ」

で、霞さんという人となら、

「わたし、旦那のことを忘れて不倫してもいい」

なんだそうである。

「そう」

「ね、ね、どう思う？　こんなこと願っちゃうわたしのことふしだらだと思う？」

「いや」

「そうよね、ときめきがほしいわよね」

「そういう理由ではないけど……。結婚は生活だし恋愛は生活ではないから、それぞれにちがう相手を求めることはふしだらとは思わない」

「そうよね。生活にときめきはないわよね」

「ちょっとちがう。ときめくかときめかないかということではなくて、イワシも好きだがタイも好きというような」

「そうよね、生活ってイワシよね」

「いや、そういう意味ではなくてですね、好きという感情にはいろいろ種類があるという

ことが言いたい」

エルメスのスカーフを好きな人がいて、その人がチョコレートを好きでもおかしくはない。エルメスのスカーフは食べられないし、チョコレートは首にまけない。「好き」という感情にも種類がある。

「でもさ、チョコレートがすごく好きな人はそのうちチョコレートを首にまきつけたくなると思うの。エルメスのスカーフがすごく好きな人はそのうちスカーフを食べたくなると思うの」

「でも、できないでしょ、そんなこと」

「それでもしたくなるの。そりゃ、チョコレートとエルメスのスカーフの比較なら〝できないでしょ、そんなこと〟っていうのはわかるわよ。でも、人がだれかを好きになる感情は、食べ物とスカーフにはたとえられないじゃない」

「なんで?」

「なんでって、あたりまえじゃない。感情なのよ。人の感情って、そんなメカニカルなものじゃないでしょ」

「メカニカルにすればいいじゃない」

「ロボットじゃないんだから無理よ。だれかを好きになれば、それがスカーフでも食べたくなるものよ。ぐちゃぐちゃになっちゃうのよ、感情が」

「ならないようにすれば？」

「理気子ちゃんは――」

えりかはすこし口ごもり、

「――男の人と深くつきあったことがないからアイマイな部分が実感できないのよ。男と女はいったんかかわるとどろどろになっていくのよ」

と、つづけ、

「安定に満足してるけど、胸がときめく欲望にもひかれる。女ってよくばりよね」

ためいきをついた。

「不倫なさってるんですか？」

私は結論を代弁した。

「なによ、いやあね、急に」

えりかは余裕のある笑いを送話口から洩らした。

「人妻の不安定さについての一般論よ」

エルメスのスカーフとチョコレートを混同するのが恋愛の感情だという話はしりきれとんぼに終わったが、頭が痛かったので、ふむとうなずくにとどめた。

「視線と視線をからませる、かけひきのような、相手はどう出てくるかな、って見定めるときのスリリング……そんなときめきはたまらなく魅力的でしょ、いくつになっても」

「いやだ。そんなの」

仕事と病人のせわで忙しいのに、不確実なやりとりは時間をくうではないか。

「私、さっさとセックスしてくれる人がいい」

「情緒のない発言。理気子ちゃんたら処女のくせに、風俗嬢を買いに行く男の人みたいなことを」

「風俗嬢を買いにいく男の人も、買ってるあいだは恋愛してるんだと思うけど」

「まあ、アナクロだわ。お金で女を買うのはぜったいいやだという男が増えてる現代なのよ。商売女とはやらないだけでなく、フツーの女の人との交渉においても、愛がない場合はいやだという、エイズ時代にそぐうニュー純愛イズムの時代に、理気子ちゃんのような発言は、しかも女からの発言はもろアナクロだわ」

「そうかもしれない。アナクロな教育方針で次の戦いに備えて育てられたから」

すこし冗談を言うとえりかは笑った。えりかの笑い声はほがらかで、自分も彼女のように笑えるといいのにとよく思う。

えりかはまたひとしきり霞さんとやらの話をはじめた。それを聞いているうち、いつのまにか私は眠った。つーつー、と電話の切れた音で目をさまし、また眠り、また目をさまし、また眠った。

*

えりかは澁澤龍彦のことをなにも知らないようなので、一週間後、私は絵描きさんの個展会場にまた行った。だが、絵を見ている人が三、四人いるだけで、本人はいない。

机にすわってなにか書いている画廊の女性に、私は絵描きさんはいつ来るのか尋ねた。

「すみませんが」

「あたしはバレリーナなので、そういうことは責任持てません」

？　？　？　？　？　？　？　？　？　？　？　？　？　？　？　？　？　？　？

？　？　？　？　？　？　？。私は自分の言動を念のためにふりかえった。私はこの人に絵描きさんが画廊に来るかどうかについて質問したはずである。それから彼女の答えをふりかえった。自分はバレリーナである。自分は絵描きさんのことはわからない。以上、二点を答えたはずだ。この二点にはどういう関係性があるのか？　そしてさらに「絵描きさんのことはわからない」ところの「バレリーナ」がなぜ画廊の机に向かって書きものをしているのか。

「すみません……あの、その……」

私はびくびくしながら質問をつづけた。なぎなた、剣道をやらされ、高校時代は警察学校の護身術の授業の助手のバイトをやった強くて大きい私には、アキレスの腱のような、弁慶の脛のような弱点がひとつある。天敵とでもいうべきか。こわくてたまらないもの、それはバレリーナなんである。モダン、クラシック、前衛にかかわらず、私はバレリーナというのが、ひたすら怖いのである。だからドガの絵も怖いのである。

「あたし、ただたのまれて画廊の仕事を手伝ってるだけなんです。バレエをやっているので」

「は、はい……。すみません……」

私はびくっびくっと二、三歩、机からひいた。バレリーナといっても、バレエで生計をたててはおらず、自称バレリーナというのが、その、あの、えと、んと、こ、こ、怖いのだ。

「彼、おとといはここにいらしたけど、今日スペインにたちました。あたし、スペインで一回、バレエを発表したことがあって、バレエって詩の体現だって思ってるんですけど、そのときのあたしを描いてくださったのが、あの三十号のやつです」

バレリーナは一枚の絵を指さした。

「そ、そうですか……」

指された方向を見るには見たが、怖くてろくに美術鑑賞できない。

「お名前を書いてください」

バレリーナが和綴じの「お名前帳」を目の前につきつけたので、私はおどろいてとびあがった。

「ご案内状を出しますから」

「は、はい」

すくんで住所氏名を記す。墨で記す。怖くて手がふるえていたので、墨文字はホラー映画や怪奇漫画のタイトルのように、ぶるぶるしたものになってしまった。

「す、すみませんでした。さようなら」

額の冷や汗をふきながら画廊を出る。困ったものだ。

「こんなことではいけない」

身をひきしめ、自らを鼓舞せんとし、シュッ、シュッとボクシングのまねをする。この格闘技は空手部時代、定期講習を受けさせられたが本格的にはやったことがなく、畏敬《いけい》の念を抱く。

「バレエ、バレリーナ」

シュッ、シュッ。風をきった。もう二月に入ったのだ。二月は短い。風が冷たいと思っているうち、春がある日、訪れる。だが春が訪れるのがいつなのかはわからない。

「バレエ、バレリーナ」

それは私の心を冬にする。それにはちゃんと理由がある。

＊

そのむかし、少女漫画誌はバレリーナをめざすヒロインであふれていた。ヒロインは例外なく貧乏で、バレエが習いたくても習えず、そっとバレエ教室の窓のところにある木のかげからなかをのぞいたりする。大好きだった『虹のトウシューズ』の主人公もそうしていた。そうしてのぞいていて、おはいりなさいな、とやさしい先生に声をかけられバレエをはじめることになるのだ。

剣道じゃなくて合気道じゃなくてなぎなたじゃなくて行進の練習じゃなくて、一度でいいからバレエというものをやってみたい。足にゲートルをまくんじゃなくてトウシューズをはいてみたい。と、そのむかし、小学生は思い、剣道の練習試合の帰り、先生に、たこやきを買ってから帰ると嘘をついてひとりになり、電車で二駅ほどの町に行った。鄙《ひな》びた地域にあって、その町にだけ一軒、バレエ教室があることを、おなじクラスの子から聞いていた。たこやきが買える程度の金ではバカ高い私鉄電車には乗れなかったので、線路に沿ってマラソンした。走るのもまた私ははやかった。

「駅のすぐそばや」

クラスの子が言っていたとおり、バレエ教室はすぐに見つけられた。低い、白い、木の柵にかこまれて花壇があり、花壇の前が大きな窓になっている。窓からポロロンとピアノが聞こえてき、なかでは淡いブルーやクリーム色のバレエの服を着た、たぶん中学生か高校生と思われるおねえさんたちが踊っている。夢のような可憐な色彩だった。淡いブルーやクリーム色、花壇、ピアノ、長い髪、りぼん、金のふちどりの鏡……。さわったこともないようなものばかりで構成された色彩。剣道の防具の入った大きな鞄と竹刀《しない》を持って、ぐんじょう色のトレパンとトレシャツを着た私がぼーっと見ていると、

「おはいりなさいな」

夢のような標準語で、髪の毛をアップにした先生が声をかけた。まるで『虹のトウシューズ』の主人公になったような気分で、私はうなずき、なかに入った。

「ちょっとやってみない？　おもしろいと思ったらお父さんとお母さんに言って、入学するといいわよ」

先生はトウシューズではなく、体育館ではくようなバレエシューズを貸してくれ、わたしはおねえさんたちの見よう見まねでレッスンを受けた。

「びっくりするほど身体がやわらかいのね」

合気道をやっているせいだと思うが、武術の先生からはついぞ言われたことのない甘いことばを、バレエの先生はかけてくださるのだった。

「ああ、私はいま、バレエのレッスンをしてるんや」

バレエのレッスン。なんという可憐な響き。バレエのレッスン。まるでウィーンの舞踏会にまぎれこんだよう。うっとりしながら、腕を上にあげて下におろした。そのときレッスン・バーに手があたり、バーは、折れた。

「気にしないでいいのよ。このバーはね、こないだちょっとアクシデントがあってひびが

入って折れかかっていたの。とりかえなくてはならないわ、ってさっきも話していたところだったの」

髪をアップにした先生は、ほんとうにやさしくそう言ってくれたが、小学二年生は恥ずかしくて、一目散に教室を出、またマラソンをして家に帰った。小さな町では小学生の剣道の試合に女子部はなく、剣道の先生は私を力石理気雄という男の名前に変えさせ、男ということにして試合に出させていて、そのことも、バーを折ったあとでは、なんだかむしょうに恥ずかしくかなしいのだった。

それ以来、バレエとかバレエをやる人というのは、ただそれだけで、なにか私をわびしくさせたものだが、いよいよ大学生になって、やっとのことで古い町を脱出して帝都にやって来ると、空手部の先輩がかっこいい人だった。えりかがもし見ていたら、かっこいいとは思わなかったかもしれないが、私にはそう見えた。この人がかっこいいから入部したのに、先輩には「彼女」がいて、試合のときにはその人が応援に来る。「彼女」は「ずっとバレエをやっている」という人だった。その後も、この先輩に対して抱いたていどの思いなら四回あって、四回が四人とも、なにも発展することなくなんのできごともなかったのだけれど、四人とも自分の「彼女」に「ずっとバレエをやっている」とか「ずっとモダンのほうでがんばっている」とか「なんでもクラシックをやっている人よ」とかいう女の人を、選ぶなり、もともと所有しているなり、あるいは私よりずっと速く接近されるなりして、そうして月日は、小学校二年のあの日に窓から見た、淡いブルーとクリーム色の光景のように希薄な色彩で過ぎてゆき、アッシュ作家の肩書だけが光り輝き、ほんとうの男女のからみなどついぞ遭遇することなく、病人のせわと空想の原稿を書くだけの日々のなか、ロマンスなどとんと無縁の暮らしながら、それでもはじめて恋をしたのは三十歳にならんとする夏。

相手はプール監視員。結婚しようとまで監視員は言ってくれ、フリーターの身なのに指輪まで買ってくれようとし、胸がいっぱいで、遅ればせながら恋するという気持ちはかかるものかとはじめて理解できたけれども、セックスすることなくフラれた。フラれた理由は監視員に他に好きな人ができたから。他にできた好きな人というのは女性事務員で、監視員に言わせると、バレリーナ。

「ずっとバレエをやってたんだけど、身体が弱くて、今はバレエをやめて、バレエ教室で事務をやってる子なんだ」

こうして、モダン、クラシック、前衛にかかわらず、バレリーナは私にとって、ただただ劣等感の傷痕に塩と生味噌をすりこむような記号と化しましたとさ。

＊

「わかっているとも。バレリーナに罪はない。すべては自分のせいなのよね」

そうそう。すべては自ら選択したのよ、サルトルよ。ところでボーヴォワール女史が、少女時代はずっとバレエを習ってたりなんかしちゃったあかつきにゃ、どったらいーの、私は。

慶明大学病院の「叔父なる人」の部屋にたちよって寝巻とおむつをとりかえて、病院の前の定食屋で夕食をすませて帰ってくると、そこは冷え冷えとした、まだ春は想像できないひとりの暗い部屋。

「髪の毛三本の望みでも、それにつかまれ、理気子」

幸運の女神の後ろ姿ははげちゃびん、と諺にあるでしょう。自らを激励して、私は絵描きさんに国際電話をした。澁澤龍彦にもういちど会いたい。あの人はどこのだれ？

「いやあ、うれしいね、国際電話をしてきてくれるなんて」

電話の向こうで絵描きさん。

「こないだはパーティに来てくれてどうもありがとう。あんまりしゃべるひまがなかったけど顔が見られてよかったよ」

「ええ、ありがとうございます。ほんとうにあの日、あの店に行って、よかった。ほんとうによかった」

「そりゃ、よかった。で、今日はどうしたの？」

「あの日、パーティに来ていた澁澤龍彦さんという人のことでちょっと」

「澁澤龍彥？　もう死んだんじゃなかったか？」

「いえ、本物の澁澤龍彥じゃなくて――」

いや、べつにサドを訳した澁澤龍彥が本物で、あっちのほうがニセモノというわけではないのだが。

「――あの澁澤龍彥じゃなくてですね、同じ名前の二十六歳の身長190センチの人が、あの日、来てたんです」

「ほほう。そりゃおもしろいね、どういう人？」

「どういう人、って……。それをお訊きしようと思って電話したんですよ」

「そうなの？　残念だけど、ぼくの直接の知り合いじゃないよ。澁澤龍彥なんていう名前の青年の知り合いがいたらおぼえてるもの」

「じゃあ、どなたの？」

「さあ。だれかの知り合いの知り合いのそのまた知り合いってとこじゃないかなあ。直接の知り合いに澁澤龍彥なんていう名前の男がいるって人間がおったら、どっかで話題として聞いてるはずだもの」

「そこをなんとか……。なんか記憶ございませんか？」

「うーん。ないなあ。悪いけど」

澁澤龍彥のことはわからずじまいにおわった。電話を置くと、ためいきをつきながら、私はあの日もらった名刺を並べ、なすすべを考えた。

　名刺は霞　雅樹を除き、どの人もなにをしゃべったか思い出せない。なにせ大量に飲んでいた。

（しかたがない。たのみの綱はこの人だけだわ）

　私は十字を切って、お祈りをしてから霞　雅樹の会社に電話をした。呼び出し音が長々とつづく。

「もしもし」

　つながった。

「おそれいります。力石と申します。霞さんはいらっしゃいますでしょうか」

「あーっと……あ、います。ちょっと待ってくださいね」

　いた。神さま、どうかベサメムーチョの意味を教えてくれたように、霞さんとかいう人が澁澤龍彦のことを教えてくれますように。できればもう一度ベサメムーチョになりますように。

　電話機からは保留の電子音旋律が聞こえる。命短し恋せよ乙女、赤きくちびる褪《あ》せぬ間に。旋律を合わせ口内で歌う。遅いわね、霞さんとかいう人。なにしてんの、早く出てきてよ。

第四章　チゴイネルワイゼン

「お待たせしました。霞です」

やっと出てきた、霞とかいう人。

「もしもし。私、力石理気子と申します。一週間前、『セ・マタンノワール』でお会いした者なんですが」

「ああ、おぼえています。どうも。あのときはあんまりお話できなかったけど、力石さんって××××さんなんですってね」

霞とかいう人は、私のペンネームをたしかめた。アッシュ小説というのは、男が書いていれば「たんなるビジネスですから」の理由はいともかんたんにとおり、女が書けば、体験をもとにしていると期待される。そのわりに女の名前で書くと売れない。売るためには、体験をもとに書いているのですよと期待させる演出が必要になる。演出すると、つぎは、女はトクだよ、と男から非難され、女を売り物にしている、と女から非難される。そこで優柔不断な私は、女の名前ではあるが実は男が書いていそうな、いかにも人工的なペンネームを作案していた。

「××××はたぶん男の人だと思ってました。買ったことないけど『フランス書林文庫』の棚で名前は見かけたことがあって」

『フランス書林文庫』というのはフランス書林社という出版社が出している文庫のことである。フランス書林社は、フランスとつくからといって、白水社とはまったく関係なくて（白水社はフランス文学の本を専門とする会社）、『女教師・恥辱の授業』とか『義母・犯す』とか『姉の下着』とかいうアッシュものを専門に出している。実生活でも義母を犯している人が書いているかというとそんなことはまずなくて、名前を聞いたらみんなが驚くような高名な詩人が別名で書いていたりする。

「買ったことないけど『フランス書林文庫』のデザインは、その目的からするとたいへん優れているよね。黒地に蛍光レモンのタイトルで目立つよ」

「はあ」

「買ったことないけど『フランス書林文庫』って、よく売れてるんでしょ？」

「さあ、リスクはないんじゃないですか」

販元の規模が小さいと、部数をさばけない硬い本や、すごくさばけるかゼロかというギャンブル性の高い新しい文芸ものはリスクが大きいから出版したがらない。出版社にとってアッシュものは商業上の安全牌《ぱい》、ゆうちょ、なんである。

「そうだろうね。極端に小さい会社だったりするとまた話はべつでギャンブルに出るけど、フランス書林社くらいの規模だとね。あそこは三日月書房の子会社でしょ」

霞とかいう人の会社は写真集やデザインの本を中心に出しているところとはいえ、さすがに出版社社員、業界内部の事情にくわしい。

「三日月書房って『知性のある生き方文庫』を出してる会社でしょう。あのシリーズ出して、子会社で『フランス書林文庫』出して、極端だね」

「知性は性欲の手段であるというコンセプトなんじゃないですか」

「フ、それはいいね」

もの静かに霞は笑った。

「でも、まさか力石さんがああいう文庫を書いている人だとはパーティの会場では思わなかった。ああいう世界って、どうなのかな、フ」

どうなのかな、フ、って、この霞とかいう人は独特のもの静かな口調でしゃべる人である。「そうだろうね」と言えば、そのあとに「フ……」と小さく息が入り、「どうなのかな」と言えば、そのあとにも「フ……」と小さく息が入るかんじなんである。フフフと笑う息ではない。フ、と抜けてゆく息。遠い目をするときの、あの「フ……」だ。

「ぼくもね、むかし、バタイユなんかは読んだんだけどね」

バタイユなんか、のあと、また、フ、である。

「はあ……」

「で、今日はどうしたの？」

どうしたの、のあと、また、フ、である。

「ええ、なんだかちょっと……」

なんだかちょっと、のあと、私まで、

「フ」

と、息を小さく洩《も》らしてしまった。

「フ」

霞とかいう人も、当然、洩らす。

しかし、フ、と男と女が電話で息を洩らしあっているというのはどうなんだろうか。

「あの、なんだかちょっと、フ」

「ん？　フ」

「ちょっとご相談したいことがあって、フ」

「相談、フ、ぼくで相談にのれることとかな、フ」

「フ、澁澤龍彦さんという方が、フ、パーティにいらしてたのですが、フ」

「ああ、あの人、フ」

「ご存じですか？　フ」

「ゆかいな人だったよね、フ、それがなにか、フ」

「その、フ、あの、フ、ちょっと、フ、おたずねしたいことが、フ、言いにくい、フ、こんなこと、フ、急に電話して、フ、へんなんですけど、フ」

　やったー、という気持ちと、霞とかいう人につられて吐く「フ」という息とで、私がしどろもどろになってきたところに、

「霞さん、電話が」

　うしろのほうで、べつの人が霞さんとかいう人あてに電話が入ったことを伝える声がした。

「あ、フ、お電話ですね、フ。じゃ、その、どうしましょう、フ」

「今はちょっと写真のあがりを印刷所に持っていかなくてはならなくて、フ、ばたばたしてるところだから――」

　それから霞とかいう人の声はさらに息が洩れるかんじになり、ささやく、といったほうがふさわしくなり、つづけた。

「――会おうか」
　フ、とそのあとに息が洩れる。ひめやかに息を洩らして伝えるような内容かよと思ったが、
「ええ、いつ、フ、どこで、フ」

　私もつられて息を洩らす。

「しばらくちょっと忙しくて、中旬になってからでもいいかな、フ」

何月何日の何時と言うだけのあいだにも、霞とかいう人の口からは、フ、と小さな息が洩れる。フ、という息の音が聞こえるわけではない。しかし、フ、という息なんである。短い、独特の、あえかな息なんである。

「ええ、じゃあ、フ、そのときに、フ」

場所を決めて電話を切ったあと、私は遠い目をしてしまっていた。炭酸飲料水のフタをあけっぱなしにしておいたあとのような気分である。

そこに電話がなった。病院からだった。「叔父なる人」の容体がかんばしくなく、ちょっと来てくれとのこと。フ、という息はすぐに消えた。いつものように、周囲の光景から色彩がすべて消え、深夜の道路に出ると、私はタクシーで病院に行った。

「叔父なる人」はひどく咳込んでいた。看護婦さんは、

「あなたを呼べと暴れられたもので、それがおさまらなくて」

と、私に言い、咳どめの経口薬と精神安定の座薬をわたした。私は「叔父なる人」のおむつをとりかえ、背中をさすって、座薬を挿入した。

「きっとときどき、不安になられるんでしょうね、ごくろうさまでしたね」

看護婦さんは彼が割ったという盆をポリエチレンの袋に入れた。

「鎌倉彫りのりっぱなお盆なのにおしいこと。接着剤ではりあわせれば、また使えるわ」

堅固な鎌倉彫りの盆は、四つに割れていた。私はベッドのわきで丸椅子にこしかけ、

「叔父なる人」が眠るのを待っていた。

(うちの一族はやっぱり遺伝的に力が強いのかな……。寝たきりになってもこんな硬いお盆を四つに割れるなんて……)

笑おうとしたが、丸椅子は冷たくて、上手に笑えなかった。

*

真鍮《しんちゅう》のパイプにふるめかしい木綿《もめん》レースがかけてある窓。蠟《ろう》びきのような重厚な木の床。「パリのアパルトマンの暮らし」と見出しのついたグラビアに出てくるような机と椅子。壁ぎわに飾られた古い洋書と真鍮のアームのついたランプ。客のそれぞれの手元には、それぞれにちがうカップが置かれ、ジャズが低く流れ、あるじはおかっぱで前髪の量がとても多い。やせぎすの女の人で、口紅だけをしていてその色は赤で、服はベージュとモスグリーンを基調にしていて、自然食品にくわしそうな、そんな喫茶店。私の大っ嫌いなタイプの喫茶店。花が各テーブルにいけてあるのは、だが、なかなかよい。

二月十七日の午後四時。コーヒーに砂糖を入れてかきまぜているところに、霞とかいう人はあらわれた。

「お待たせしました」

うつむいている私の上で声がした。顔をあげた。

ハゲている。

このあいだは帽子をかぶっていたのでわからなかった。霞とかいう人は頭に髪がない。

「霞さん？」

たしかめた。

「お会いしたときは店が暗かったので、顔がはっきりと見えなかったので……」

「髪はね、フ」

霞　雅樹なる人物は席につくと紅茶を注文して、

「わりとさいきん剃《そ》ったんですよ。思うところあって」

いわゆるスキンヘッドというやつ。

「驚かせてしまいました？　フ」

「いいえ。すてきな髪形ですわ。私、そういう髪形、とても好きですの、フ」

どうも、この霞という人としゃべっていると口調が彼のペースにまきこまれる。

「いいんですよ、べつに世辞を言わなくても、フ」

「お世辞じゃありませんわ、フ、本心からそうですわ、フ、だってユル・ブリンナーみたいですてきですわ、フ」

「ユル・ブリンナー？　ずいぶん古い俳優を持ち出してきますね、フ」

「なぎなたの先生のせいですわ、フ」

「デブ専」という用語がアッシュ業界にはあって、デブな女（男）だけが好きでたまらない性の嗜好の人のことを指す。「ハゲ専」、「老け専」もある。で、スキンヘッド専なところが、私にはあって、空手部の先輩がスキンヘッドだった。あとのほのかな四人のうち三人もそうだった。遅い初恋のプール監視員は知り合った当初は野球部部員のような髪をしていたが、とちゅうでスキンヘッドにした。総計五人。

「スキンヘッドなんてめずらしいのに、よくもまあ、めずらしいのばっかり見つけてくるもんだわね」

　かつて友人は私に言ったものである。

　かつて私は答えたものである。

「めだつから見つけやすいのかも」

　男の髪は短ければ短いほどよいのだと、これは死んだおじいちゃんではなくて、なぎなたの先生が言った。

　当時七十歳だったなぎなたの先生は、代々、家長が京都所司代に勤める家柄の人で、昭和四十年代だというのに日本髪を結って、たすきをかけ、はかまを穿《は》いて稽古をつける、カマキリのような顔をした人だった。私のなぎなたのかまえが悪いと庭の井戸から水をくんできて、

「そんな情けないありさまで銃後がつとまるかッ」

と、私にぶっかける厳しい女性だったのだが、なぜかある日、稽古のあと、着物のあわ

せから一枚の写真を取り出して、べとべとの京都弁で、

「理気子はん、将来はこないな男はんと添いとげられるのが、おなごの幸せというもんどす」

と、見せたのだ。

写真には、頭髪のない男がうつっていた。そして、なぎなたの先生がぽっと頬をそめるようにして写真を出すのもしかりなくらいにりりしい顔をしていた。写真の男は軍服を着ていたので、私はてっきり先生が若かりしころにあこがれた三高の学生さんの出征姿だと思っていたが、後年、ユル・ブリンナーだったと知る。

「なぎなたなんて、習ってたの?」

霞の質問とは無関係に、ぎょっと、私は上体を椅子の背もたれのほうにひいた。質問をするとき、彼が不意に私の顔に自分の顔を接近させたのであせったのだ。

敵が自分の30センチ半径内に入ってくると、反射的に武術を使ってしまう訓練がされている私は、やたらな武術行使を避けるためにつねに他者との距離を60センチ半径以上に保っておく必要があるのだ。とくに、こんな「すかしやがった」喫茶店でさわぎを起こしてはあとがたいへんである。

「くわばら、くわばら」

私が言うと、

「なぎなたを習ってたり、ユル・ブリンナーを持ち出してきたり、くわばら、なんてつぶ

やいたり、力石さんてずいぶん古風な人なんだね」

　霞はまた顔を接近させる。

「わっ」

　また私はしりぞく。

「ぼくが近よると、そんなに怖い？　フ」

「いっ、いえぐぐっ」

　これは、いいえ、と言おうとした。コーヒーを吹き出しそうになったのだが、懸命にこらえたのだ。「ぼくが怖い？　フ」という霞の言い方が、あまりに堂々とした、自分が二枚目であることを信じて疑う余地のないものだったので、感心するようなおかしさがわいたのである。

（たしかにこの人、えりかちゃんの言うとおり、顔は整っている。でも、整っている、というのと、好みというのを、なんで、えりかちゃんはいっしょにするのかなあ。チョコレートとエルメスのスカーフを混同しちゃうみたいに……）

　えりかのことをふと思い出していると霞が言った。

「怖がったほうがいいかもしれないね、フ、ぼくは背徳的な男だから」

「はいとく」

　鼻からコーヒーを吹き出さぬよう、私は腹筋に力をこめた。

「背徳、ですか？」

「そう。意外にね、フ。『フランス書林文庫』のようなシリーズに小説を書いているきみが意外に純情なように、紳士的に見えるぼくが意外に背徳的な男だってこともありえる、フ」

「…………」

おもしろいぞ、霞　雅樹。こういうことを言う男は二次元のなかでのみの存在と思っていたが、まさか現実の世界にいて、向かい合ってコーヒーを飲んでいるとは。

「ぼくは、二十代のころ、テロリスト的な指向があったんだよね。人生は一種のドラマトゥルギーであり、形而上の実在の、根源的な快楽のみが、唯一の動機となるべき思想背景にあり、選民の快楽の享受のためには、非選民のそのすべてをサクリファイスしても許されるのではないかと、しめやかな雨がその大地を人々の気づかぬうちに沈黙につつみこむならば、それは破壊されるべき血なのだと思うようなところがあってね」

「…………」

おもしろいじゃないか、霞　雅樹。バカじゃないの？

（えりかちゃんは澁澤龍彦のことをバカとかバーバリアンとか野良犬とか言ってたけど、あの人をバカと言うならこの人は百枚も千枚もうわてだわ。プラトンが泣いて喜ぶわ）

「狂気とのはざまにある知性は、それだけで最優先されるべきであって、ならば自分がイデオロギーを体現しなくては、真のアナーキズムなど生まれないではないかと、フ、思っていたし、フ、今だってそういうところがなきにしもあらずだ、フ」

「………」

いやゃわあ、霞はん、おかしいことばっか言うて。ほんまにこいつ、笑かっしょるなあ、と、関が原の向こうでなら拍手喝采を受けるだろう。

「あはははは」

私は高らかに笑った。

「フフ……」

霞も笑った。あえかな息を洩らすのではなく、霞は明瞭に息を吐いて笑った。

唇が開き、一瞬にして彼の周囲は銀座ミキモトになった。その歯並び！　すごい！　整列した真珠である。上も下も一糸《いっし》乱れることなく、もとい、一歯《いっし》乱れることなく、銀座ミキモト真珠店のごとくに整列している。しかも歯茎の色はさくら貝。差し歯の人は歯茎の色が紫がかっているからすぐにどの歯が差し歯かわかる。霞の歯は総天然の真珠のラインナップである。これぞハリウッド・ティースである。

「うわーっ！」

私は叫んだ。目を見開いた。お、い、い、お祈り手をした。

「なっ、なに？」

霞は、きょろきょろと周囲や自分を見、

「なにかついてる?」

私に訊いた。

「いいえ。霞さんて、なんて、なんてきれいな歯並びなのでしょう」

お祈り手をしたまま、言う。

「なんだ。びっくりしたよ、フ」

すぐにもとの雰囲気をとりもどす霞。

「大きな声を出すのでなにごとかと思った」

ああびっくりした、と、霞はジャケットを脱ぐ。

ひく。私の小鼻が動いた。古い馬刺しの皿に酢醤油をたらした匂いに革製品の店に入ったときの匂いをたして2で割ったような、あの匂い。霞はわきがだ。あの日、パーティの会場で私の小鼻がひくひく動いたのは、この男のわきがだったのだ。男はわきがで3分増し。歯並びで5割増量に粗品進呈だ。

「霞さん、再会することができてほんとによかったわ」

「ぼくも、フ――」

霞は間をあけてから、

「――きみのことをあの日からずっと考えていた、フ」

と、じっと私を見つめ、

「なぜかな。理由を考えるのはあえてやめていたけれど、フ」

と、遠い目をし、

「ときにぼくは躊躇《ちゆうちよ》する。流れに容易に身をまかせてしまう奔放にすぎる背徳に、すべておしなべて、虚構を求めるとするならば、それはたとえば、人はなぜ恋をするのかと虚ろにバビロンの塔に問いかけるのと同一次元であるかのごとくばかげた問いであるにちがいないのだが、非日常性においてあらゆる可能性がつねに虚構を希求しつつ、表象して生きているということは、少なくとも今日あまりに自明の事実であるばかりでなく、それがなぜかと問いかける人類の行為そのものを不可能にしてしまっているような暗礁の関係であるだろうと思い、あの日からある特定の、性別でいえば偶発的に女であったにすぎぬ存在の、そのシルエットを追いかけてしまっている自分に気づくんだよ」

と、さらにじーっと私を見つめた。

（つまりセックスしてくださるのですね）

と、私は要旨を20字以内で述べそうになったが、腹筋に力をこめておしとどめた。

私はここのところ反省していたのだ。近代社会の発展は時間をいかに省くかという発展であった。産業の技術の発展はめざましかった。太平洋戦争後、技術は家庭電化製品にまでおよび、製品は普及した。だがうらはらに、大阪万博後、少年たちは時間をいかにかせぐかに夢中になったのである。少年たちの父たちは電化製品が普及するような自国の経済発展のためにしゃにむに働き、帰宅後はすぐに寝てしまった。いっぽう電化製品は母たちに、昼間の時間を与えた。電化製品により家事時間が減ったからである。だが母たちは時間があることに、まだ不慣れだった。車の運転免許をとったり、ラッピングに凝ったり、インテリアにセンスを光らせたりするまでには、まだ発想が具体的に至らなかった。記憶にはまざまざと「戦前・戦中・戦後すぐ」が残っていたため、「あんなことはもうこりごり」との思いばかりが強く、「あんなこと」な時代とはまったく反対の時間の使い方だけを、子に託したのである。母と子は密着した。母から密着して託される子は、母と異性(息子)である場合と同性(娘)である場合があるが、ともに母の膣から世に出てくる。膣は出産器官でもあるがセックスの器官でもある。その器官から出てきた同性よりも異性のほうが、膣の持ち主の意識を享受しやすいのではないか。同極反発がない。娘たちは成長とともに母に対抗する。時間を省こうと。かたや息子たちは成長とともに、いかに時間をかせぐかに夢中になる。そして成人後、車の運転やラッピングやインテリアのセンスが花開き、ますます、いかに時間をかせぐかというロマンに生きる。たとえママンの手作りケーキのようなロマンであろうとも……。と、このように私は最近、深く長く反省していたのだった。

霞は私より二歳年上ということだから、まこと大阪万博時に少年だった男じゃないか。ここで、私がさっさと要点を20字以内で述べるようなことをしては、彼は私に「しおしおのぱー」である。「しおしおのぱー」とはなにかというとブースカという、大阪万博のちょっと前に人気のあった怪獣が意気消沈したときの口ぐせである。今までの私の男女交際の失敗は、ターゲットが元・万博少年であることをすっかり忘れて、時間を省こう省こうとする産業革命的父親的態度にあったのだ、きっと。

（もう失敗はしない。彼を「しおしおのぱー」にしてはいけない。私、なんとしてでも手間に耐えるわ。手間こそ現代の挑発なのよ）

男を感じさせるシリーズ。

これが『フランス書林文庫』のキャッチ・コピーなのに、プロたるもの、なんたること、これをすっかり忘れていた。

「こんなことで銃後、じゃなかった、万博後が守れるかッ」

私は言った。

「え、なに？」

「いいえ、こちらのことですわ。ときどきひとりごとを言うくせがあって……」

コーヒーを飲む。

「で、相談というのはなにかな？　澁澤龍彦のことって言ってたけど」

「え、ええ、まあその……」

「ぼくは彼には高校生のころから興味があってね。『ユリイカ』によく書いてたでしょう。

あの雑誌を読んでたから、フ。ゆかいな人だよね、彼」

やはりこの人も私が質問した澁澤龍彥は澁澤龍彥のことだと思っていたか、と思いかけたが、さにあらず。

「あの日、パーティに同じ名前のやつが来てたの知ってる？　同じ名前なだけで、澁澤龍彥とは似ても似つかないようなやつだったけど……力石さん、カウンターのところでそいつとしゃべってたでしょう？」

「え、ええ。でも名刺もなにももらわなかったので、なにをしているどういう人なのかはよくわからずじまいで、あの日はすごく酔っぱらってしまって、ふらふらで帰って、よくおぼえていなくて、その、ねえ、まあ、なんというか、ほんとにねえ……あの人はどういう人だったのか、さっぱり……」

やましい。二兎追うもの一兎も得ずという諺が私を脅《おど》す。あ、男二人に対するやましさではない。わびしいひとりきりの生活にどうしたことか急にふたりもセックスしてくださりそうな男が現れて、金銀に目を奪われて、ここは金も銀も欲しいと、欲張りな舌きり雀のおばあさんのような心情でこの場をのりきろうとしているような気がして、ひどくやましい。己の強欲さが己の前に露呈したようでやましい。

「ぼくもよくわからなかったけど、バイクが好きで、どこって言ったかなあ、モナコだかベルギーだかのレースに出たいってんでだれかから旅費の金を無心してた」

「へえ、それで？」

「それでぼくはべつの知り合いと会って彼女と話してたから、あとはよくわからない」

「ふうん。霞さんはバイクには？」

情報収集し終わったらすみやかに話題のすりかえ。と、汚い手をつかいやがって、この舌きり雀のババア。

「いや、ぼくは四輪の免許も持ってなくて。とりそびれたんだよ」

またか。空手部の先輩もそうだった。あとのほのかな四人もそうだった。プール監視員もそうだった。なんだろう。私は車の免許を持ってない人をいつも好きになる。車の免許を持ってない人というのが私の好きなタイプなんだろうか。

(好き？)

私、この男のこと好きなの？

「霞さん――」

私は霞の顔をじっと見つめた。

脳がこの男の情報をまとめる。バカで古い馬刺しの匂いの体臭があってスキンヘッドで歯並びが美しい。

「――霞さんは、風邪をよくひきます？」

という問いにはなんと答えるか。

「風邪？　いや。意外に丈夫なんだよ、ぼくは。風邪はめったにひかない」

おお我がために鐘は鳴る。体格は、身長178の体重65（目測）と、やや小柄ながら（私の体格に比せば）、体毛は不明ながら、そんなものなんのその、だいたい私のような者とセックスしてあげてもよいという申し出をしてくれていることで、もう私は好きである。そりゃあそうだ。私、この人、好きなのだ。そうだ。好きなのだ。きっと好きだ。好きに決める。なにごとも決めなくてはならない。レストランで注文するのだってメニューを決めなくては料理を提供してもらえない。ならば好悪の感情も。

「ああ、霞さんに会えてよかったー」

「フ……。力石さんって無邪気な人なんですね」

「それ皮肉ですか？」

よこしまな性欲の判定をしている私になんということを言うのか、霞　雅樹。

「いや、正直な告白だよ。力石さんは、そうね、なんと表現すべきか、幻想にすぎぬ磁場に身をとらわれるもがきにも似たことばの選択になってしまうかもしれないのだけれども、もがきあえぎながらも、磁場に身をさらしつつ、あえて通俗性に徹してたとえれば、マドンナの歌の題名にあったとおり、ライク・ア・バージンと、フ」

「ライクじゃないです」

「では、ラブ。ＬＩＫＥじゃなくてＬＯＶＥと、フ」

ちょっと霞はかんちがいしたようだが、もういい。この年齢でこの説明するの、情けないもん。

「ああ、いけない。フ、話がまた脱線してしまった。それで相談というのは？」

霞に再度たずねられ、私はあせる。事態が変わったのだ。

「ええ、その、相談というのは澁澤龍彥の――」

ええい、なにか相談ごとつくっちゃえ。

「――そうそう、その『ユリイカ』のバックナンバーでおもしろそうなのがあったら、貸してもらえないかな、って思ったんです。霞さんなら持ってらっしゃるんじゃないかな、って」

口からでまかせを言った。

「ああ、それなら一冊くらいはうちにあるかもしれない。引っ越しのときにずいぶん捨ててしまったからね、フ。所有している物を捨てるという行為のなかには、なにかえもいわれぬような、たとえていうなら、それはかりに夢という名のなにか、が、そこに存在しうる可能性の証明となりうるような気分を、予期せぬ速度で与えてくれはしないだろうか、フ」

「じゃ、そういうことで」

私は席をたった。

「もう失礼しないと。編集部にもどる時間でしょ？」

「わざわざこっちのほうまで出向いてもらってもうしわけなかったね、フ」

喫茶店を出たところで霞。

「外出する用事というのがなにもない生活なので、外出できてよかったです」

「神保町《じんぼうちょう》の駅に行くの？　それともお茶の水へ？」

「そうですね、どうしようかな。せっかくめずらしく外出してきたから、ちょっとこのあたりをぶらぶらします」

「そう」

霞と私は並んで歩いた。

「ここがうちの会社のビルなんです」

玄関ポーチのドアが開け放たれている。エレベーターの前まで、私は霞についてゆき、そこでお辞儀をした。

「今日はどうもありがとうございました。『ユリイカ』は急がなくていいですから」

「うん」

エレベーターのドアが開く。

霞は乗らない。私も彼の前に立っている。

エレベーターのドアが閉まる。階を表示するランプが順に階上へと点滅してゆく。霞が「▲」のボタンを押す。ランプはまた順に階下にむかって点滅し、エレベーターのドアが開く。私たちは向かい合って立っている。またエレベーターは行ってしまう。

こんなことをしているのは妙だなあ、と思うのだけれど、もう挨拶もすませたし、ほかに言うこともなく、冬の夕方の陽光がビルの玄関にひろがっている。

エレベーターがふたたび降りてき、ひとりが霞のうしろを通り過ぎ、彼はようやく乗った。

「じゃ、また」

霞はぼんやりと言い、

「はい」

私もぼんやりと言い、エレベーターのドアは開いたままで、霞は「閉」のボタンを押さない。そうして向かいあっているうち、ゆっくりとドアが閉まりかける。

「じゃ、また」

霞がもういちど言った声がドアに切断されて私のほうに聞こえた。

身を反転させ、私は道路に出、歩いていくが、どこに行くのか考えがない。

この街にある大学の学生が大勢、私のわきを通り過ぎる。運動靴をはいてリュックを背負って数人でしゃべりながら歩いている学生。

空手の練習をした体育館の共鳴を、私は耳に思い出し、手袋をはめてにぎった鉛筆の感触をつづけて思い出す。

学生のころは小説をワープロではなく原稿用紙に書いていた。空手の練習でいつも手がひび割れていて、手袋をはめて書いていた。

なにを思いながら、あのころは仕事をしていたのだろう。思い出せない。深夜になると寮の部屋の通風口からいやな匂いがした。その匂いばかり思い出す。

古い寮だった。窓は両開き式で上部がアーチ形になっている。他はみな二人部屋であるのに、私だけは一人で部屋を使っていた。幽霊が出るという噂のために、だれも部屋に入りたがらないのだった。幽霊が出るというなら幽霊というものを見てから、この部屋を出るか出ないかを決めようと私は思っていた。幽霊は出なかった。風の強い日は寮より一段低いところに建つチャペルの十字架がきいきいときしむ音が聞こえる部屋だった。

同級の学生たちが熱中している「異性とつきあうなかでの誠意と貞節」というものに、私はまったく興味が抱けなかった。「ワタシト　ツキアッテ　イルノニ　カレハ　ベツノオンナノコノ　ヘヤデ　イチヤ　ヲ　スゴシタ」「ヒドイワ　ソレハ　キチント　ハナシアイ　ヲ　シナクテハ」。

(そうか、思い出した)

あのころ、何を思いながら原稿を書いていたか。

(ふしぎだ、と思いながら書いていたのだ)

私は歩道にできる自分の影を見た。影は学生たちの運動靴や古本の束の上にもできている。

(いったい、つきあっているとか貞節とか誠意とかいうものは何色をしているのだろう

か）

そうしたことをＵＦＯや幽霊の記事を読むような心地でふしぎに思いながら、はげしいセックスの描写を綴っていたのだ。

（たぶん、そんなかんじだったんだろうな）

自分の影が動くのが奇妙に思われて、それから霞　雅樹の歯並びを思い出した。歯並びとそれから体臭を。

急にくるりと反転し、私は歩いてきた道をもどった。霞の会社のビルが見え、霞の会社名をあげた看板が見えた。そして、

「霞さん」

彼本人がビルから出て私のほうに歩いてくるのが見えて、私は名前を呼んだ。

「あ」

霞は私の前でつっ立った。

「力石さん」

つっ立って、さして驚きもせず、棒読みのようにつづけた。

「今日、七時に会社を出られるから、ごはんいっしょに食べよう」

「うん」

さして驚きもせず、私も答えた。

第五章　月の法善寺横町

どこかそのへんの和食の店だった。カウンター席しかない。霞と私はさいしょから日本酒を飲んだ。日没後、寒くなってきていた。

「冷えちゃったでしょ、二時間も街をぶらぶらしてたんじゃ」

手をこすりあわせている私の杯に、霞は酒を注いだ。

「いえ、本屋さんのなかとかはあたたかかったから」

言いながらも、とく、とく、とく、と日本酒の熱が、喉、食道、胸、腹へと流れていくのを感じる。

「あ、私だけ、先に飲んじゃった」

私はあわてて霞の杯に酒を注いだ。

「力石さんて、古風だよね」

杯がカチンと小さく音をたてて霞の美しい歯にあたる。

「なぜだろう。さっき、道路で会ったとき、あまり驚かなかったんだよね。きみが前から歩いてくるのが。編集部にもどって、ポジをチェックしてたら、そしたらなんだか、もう一回、下におりなくっちゃいけないような気がして、そしてビルを出たところだった」

霞は杯をカウンターに置き、

「でも、やっぱりすこしは驚いたかな……」

と笑った。なんという、ほんとうになんというきれいな歯並びなのだろう。

霞の肌の色は日本人としては白い。日本人で肌が白い場合、白人の白さとはことなり、血管が透けずに、きいろみをおびた白さになるため、歯も残念なことに若干のきいろみをおびて見える。だが、彼の歯は絵の具の白のような白い歯が奥歯まで整列している。

「毎日、何回、歯をみがきます？」

私が問うと、霞は答えずに、皿の大根の煮物を箸《はし》で割った。

「力石さんて、ずいぶん歯のことを気にするんだね」

霞は自分が一日に何回歯をみがくかを、教えてくれず、

「力石さんだって歯並びきれいじゃない」

と私の歯並びを褒めた。褒められても霞ほどの歯並びを持つ日本人を見たことがなかった私には、気休めのようにしか聞こえない。

「おそらく、あのときふたりが出会えたのは、もはや世界のなかにある三次元の空間ではなく、さながら時空を超越したテクスチュアのようであるとするならば、たがいにもとめあうふたつの意思はよびあうものだという、そこだけが、今、ここに、唯一確立された、

特権的なまでの、不敬なまでの、テレパシネスなどはむろんのこと、あえて通俗的にテュイーションとももはや呼ぶべきではない、たとえそれが死にいたるしかないほどの潰滅《かいめつ》的な運命であろうとも、他者をすべて消去することでしかありえないゆえに、時空のなかにゆがんでおりたってしまったふたつの意思はよびあってしまったがゆえに、皮相的な内部と外部との絶えず浸透しあう軋轢《あつれき》の喧騒《けんそう》にみちた音さえも聞こえはせず、今、ここに、それがなにであるかという目的のために、時空の流れさえも停止させてしまう巨大な力を持ちえるのではないかな、フ」

霞が口を閉じたので歯は見えなくなった。

「一日、何回、歯をみがきます？」

私はまた尋ねた。また霞は答えずに、

「本心を直視するのは、怖いことかもしれないけれども、あのときふたりが出会えたのは、もはや世界のなかにある三次元の空間ではなく、さながら時空を超越したテクスチュアのようであるとするならば、たがいにもとめあうふたつの意思はよびあうものだという、特権的なまでの、あえて通俗的にテュイーションとももはや呼ぶべきではない、たとえそれが死にいたるしかないほどの運命であろうとも、他者をすべて消去することでしかありえないゆえに、時空のなかにゆがんでおりたってしまったふたつの意思はよびあってしまい、皮相的な内部と外部との絶えず浸透しあう軋轢の喧騒にみちた音さえも聞こえはせず、今、時空の流れさえも停止させて、ぼくたちは並んですわっているような気がする」

と、前回の発言を40字ほど短くしたようなバージョンを静かに言うばかりである。私は

「手間はもうはぶかない」とさっき長々と反省したはずなのに、うっかり、

「お茶だけ飲んで帰るのはしのびなかったんですね、きっとお互い」

と、要約してしまった。28字になってしまったが。

「まあ、そうね……。そういうかんじになるかな、フ」

「世の中の三大ふしぎといえば、ネス湖のネッシー、ヒマラヤの雪男、モアイの石像。世界三大ビール都市といえば、ミュンヘン、サッポロ、ミルウォーキー」

なにか「手間」を言おうと思って私は言った。霞は酒を飲んだ。私も酒を飲んだ。しかし、このあいだのことがあるから、あまりがばがば飲まないように気をつけねばならない。

「私はですね、基本的に飲めないんです」

「あ、そうなの。いいよ、ゆっくり飲めば」

「お酒を飲んで酔っぱらう人は、仮にあとで気持ち悪くなったとしても、一時間はラリパッパのたのしい状態というのがエンジョイできるじゃないですか。『ちょっとイケるクチ』な人だったら三時間くらいはモつ。でも、私はラリパッパ状態は六分しかモたないんです。ウルトラマンの二倍です。でも六分だとたいしたことできないんです。以前、あの絵描きさんの個展のときも、六分ぶんしかたのしい思いは味わえませんでした。六分過ぎたら、

あとは気持ち悪くなって吐くだけなんです。霞さん、あなたは一日何回、歯をみがきますか」

「力石さん、あなた、処女ですか？」

「なぜそんなこと聞くんです？」

「べつに。そうなのかと思ったから」

「私の年齢を知ってます？」

「知ってる。驚いた。パーティで見たかんじからぼくより十歳くらい下かと思ってた。この店、明るいけど、今こうして見てても十歳くらい下に見える。そんなふうに見えることもそうなのかと思う要因だと思う。そうなの？」

「……それは答えないといけないんでしょうか」

私が言うと、霞はもの静かな雰囲気にそぐわないくらい大きな声で笑った。

「なにがおかしいんです？」

「まじめだから」

いつもセックスの体位写真四十八枚や、フェラチオの写真や、フィスト・ファックのビデオや、獣姦を体験したとの読者からの告白の手紙を、見たり読んだりして、はげしいアッシュ描写が書けるようにしてきた私の、こつこつとしたまじめな努力を、霞という人は認めてくれるというのだろうか。

「代々軍人の家に生まれてスパルタ教育されたんだってね」

「なぜ、そんなこと知ってるんです？」

「喫茶店に行くまえ、セーフティサーブで調べた」

パソコン通信の一つに情報提供サービスがあり、私のペンネームをひくとプロフィール等が出るという。

「知らなかったわ。パソコン使わないから。著書名だけでなくてそんなことまでわかるの？」

「雑誌なんかで答えたインタビュー記事をぜんぶ網羅《もうら》して作成してるんだろうね。ちゃんと出てたよ、趣味や血液型まで。それから――」

すこし霞はためらう表情になった。

「それから？」

まさか、プール監視員や空手部の先輩や、彼らがスキンヘッドで四輪免許を持っていなかったことや、それにまさか、高一のときに不良ふたりにからまれて三千円脅しとられそうになって武術を行使し、相手一人の鼻と肋骨二本を折って、もう一人は後頭部をなぐって気絶しているというのに、その股間《こかん》に川原の大石を力いっぱい投げつけて睾丸をかたほう破裂させてしまったことで「過剰防衛」と警察に厳重注意されたことまでセーフティサーブでひけたらどうしようと、私はびくびくした。

「――お父さんの東京裁判のことがほんのすこしだけ」

「そう……。過剰防衛のことは？」

「過剰防衛？」

「あ、出てなかったのならいいの。いいのよ。忘れて。そうよね。インタビューで答えたことと、本名からわかることだけが出てるだけよね」

不良ふたりは無事回復したのだし、とくに睾丸破裂のほうは袋縫い（その表現で警察の人が言った）に成功したと警察からちゃんと報告を受けたのだし……。私は、おしぼりで額をふいて、きゅっ、きゅっ、きゅっとつづけて三杯、酒を飲んだ。なにか不審に思われなかったかしら、と飲んだあと、ちらと霞を見た。

霞はいぶかしそうな顔をするでもなく、フ、と息を洩らすように片手をテーブルに置いていた。歯もすごいが手もすごい。銀座ミキモトのショーウインドーに真珠の指輪をはめてディスプレイされてもいいような指だ。まるで手レントのような指である。決まり文句さながら、ほんとうに箸より重いものは持ったことがないのではないかというくらいに、長い指で節がない。

私は、ナイフの刃で切った傷跡や空手ダコの消えないごつごつした自分の大きな強い手が恥ずかしくなって、さっとカウンターの下に隠した。

霞の指をだまって見ている私を、彼は呼んだ。

「力石さん」

「え」

「力石さんって、ときどき眉間に皺《しわ》をよせる癖があるんだね」

「え？ そ、そうですか。そうかなあ」

「フ……、またよせてる」

そう言いながら、手レントのような手がふわりとカウンターから宙に舞い上がり、その細く長いひとさし指が一本、私の眉間めざして迫ってき、

「それ、色っぽいよ」

と、ぴたりと眉間をおさえた。

私はうろたえた。半径30センチ内に他人が侵入してくると、反射的に武術を行使するように訓練されて、高一のときは「過剰防衛」で警察沙汰にまでなったというのに、こないだも澁澤龍彦に殴る蹴るの乱暴をはたらいたというのに、霞はまるで防衛できなかったのはいかなるゆゑか。

「おろおろ」

どうも、この霞といると、その、フ、という小さな息を吐く呼吸法の独自性のせいで、こちらのペースを乱される。

「力石さんみたいな人はどんな男とつきあうんだろうな」

「つきあう。つきあってる人。つきあう。つきあってる人。つきあう……」

私は繰り返し、そういう行為は想像がつかないと話した。理由も長く話した。

「おかしな話だな。プール監視員と、腕まくらしてもらっていっしょに寝ていながらなんでセックスしなかったのかな。そのほうがぼくにはよくわからない。だって彼は好きだと言ってくれてきみも好きだったんでしょう」

「私のような者に腕まくらをしてくださるということだけで光栄で」

その先をどういうふうに展開させるのか、私にはまったくわからなかった。

「そんなことは男のほうにまかせておけばいいんじゃないの？」

そうなのかもしれない。としたら、そうならなかったのは私の女としての能力が欠けているからだ。男に性的なものを訴える能力というものが先天的に欠落している、もしくは、後天的な教育により削《そ》ぎおとされて成長した。もっと若いころであればロジェ・バディムのような、女の性的な能力をてまひまかけて開発するのが好きな男が「これではあなた、お困りでっしゃろ。よし、なんとかしてさしあげましょう」と修正してくれる可能性もあったやもしれぬが、こんな年齢になってしまっては、ロジェ・バディム本人だって「世話をやくならもっと若くて世話のやき甲斐のある女にしときまっさ」と踵《きびす》をかえす。

「ロジェ・バディムはそう簡単には踵をかえさないと思うけど……。でも、それにしても、なんでそのプール監視員はただ寝てたのかなあ。うんと年下の男の子？」

「いや、同い年。いや、ひとつ下だったかな」

腕まくらだけの清潔な一夜があって、プール監視員は仕事でどこかへ行き、かの地でさっさとバレリーナと清潔ではない一夜をすごして幸せになりましたとさ。

「力石さんは、どこかでセックスをいけないことだと思ってない？」

「出ました、フロイト」

今まで何人のフロイトがおなじことを言っただろうか。あなたの深層心理下にはセックスを罪悪視する気持ちがある。あなたは心の奥のほうで、セックスはいやらしいことだと思っている。あなたは自分では気がつかないけど、セックスを拒否している。

「あたりまえじゃない。セックスはいけないことよ。私、そう思ってるわ」

セックスはいけないことだ。セックスは罪悪だ。

「あたりまえだわ、そんなこと。セックスはいやらしいものだと思ってる」

いやらしいから、いけないことだから、罪深いことだから、だからみんなセックスに心ひかれるんじゃないの？　いまさら何言ってんのよ。

「もっと自然に。愛し合っていたら当然のこと。恥ずかしがらずに」だって。自然に、ってどういうこと？　自然なセックスってどういうこと？　恥ずかしくないセックスってどういうことよ。『世界の車窓から』みたいな清らかなTV番組を見ながら欲情すること？

「冗談やめてよね」

ヘアヌードなんかもってのほかだ。セックスということばも伏せ字にしたほうがよいのだ。パンティも緊縛もペニスも乳房も密室もお尻も鞭も蠟燭もオナニーも媚薬も、挿入したとか濡れているとか3Pとか指がすいつくような肌とか、みんな「×××で×××が女の××は、男の×××を×××で××して×××な××を×××するのだった」と伏せ字にしたほうがよいのだ。

「ああッ、ペニスもオマンコもオナニーもなんにもなんにも、いやらしくないッ」

そんなものは私にとって、仕事の用語で、だから『キレイ』の読者の告白を『週刊文秋』で見てしまって悲観して泣いているというのに、いまさら、あなたはセックスを心のどこかでいけないものだと思っているのではないか、という分析はやめてくれ。

「思ってるもん」

私はくりかえした。

「そうだね、いけないことだね」

霞はあいかわらず静かである。

「そうよ、いけないことよ」

「手つなぐのもキスするのもいけないこと？」

「あたりまえじゃない。キスするなんて、セックスするよりいけないことだと思うわ。もっともいやらしいことだし、いやらしいうえに精神的要素も混合しており、それは罪悪度がもっとも高い行為だわ。キスって口で行うのよ。口よ。口というのは言語を発する器官でもあるのよ。言語というのは精神あってのもの。ならばキスはイデアと肉体が融合する、いわばいやらしさのヘレニズム文明のような行為なのよ」

「そんな、風俗嬢のようなことを」

霞は美しい歯を見せてほほえみながら酌をする。

「そんなに飲めないと言ったでしょう」

「まあまあ、いいから。また眉間に皺がよってるよ」

「え、そうお？」

自分の眉間に気をとられていると、また杯に酒が入る。

「霞さんこそ、飲んだら」

私も酌をした。結局、かなりな量の酒を飲んだ。むろん『セ・マタンノワール』で飲んだほどではなかったが、店を出て歩きはじめると足元がいくぶんおぼつかない。

「どこかへ行こう」

「うん、カラオケ」

霞が言った。

「カラオケ？」

「そう。そこにあるじゃない」

前方を私はゆびさした。カラオケ・ボックス『サムジン』。

「『サムジン』ってへんな名前。どういう意味？　イマジンでもなくてリムジンでもなくてサムジンだって」

「さあ。でも、カラオケはやめようよ」

「いいじゃない。一時間だけ歌えば。気持ちいいとうたいたくならない？」

「やめようよ。ぼくはうたわない」

「じゃ、私、ひとりで行く」

「ひとりでカラオケするの？」

「よく行くよ、ひとりでカラオケ」

ほんとに私の生活は、原稿を書くことと病人のせわと。ほとんど声を出すこともなければ、だれかと待ち合わせることもない。病院で「叔父なる人」と会ったあと、病院内にたちこめている病人の磁場（霞の表現を借りる）でマイナスの磁気をおびるせいか気分が重くなり、ひとりでカラオケ・ボックスに入ることがある。うたうのは二曲くらいであとはカラオケのレーザーの画面を見ている。レーザーの画面のなかにはカナダやアメリカやフランスや東京や香港や大阪や沖縄があって、たいてい恋人どうしに設定した男女が笑ったりさびしそうな顔をしたりしている。それをながめていると病院が消える。

「じゃ、きみだけ歌いなさい」

霞はカラオケ・ボックスのドアを押した。

「やったー、ひとりじゃないカラオケだ」

うれしかった。

狭く暗い部屋で私は曲目の本を繰った。

「なにを歌うの？」

「うたえる歌は三曲しかなくて。いつもひとりで来て、歌わずにレーザーの画面を見てるだけだから」

「ふうん。じゃ、その数少ない持ち歌をうたえば。なに？」

「『吉田松陰』と……」

「『吉田松陰』？　知らない。どういうの、それ？　聞いたこともない」

「吉田松陰は江戸末期の長州藩の思想家で……」

「それはわかってるよ。でも歌は聞いたこともないし、うたってる女の人にも会ったことがない」

「いい歌だよ」

私は『吉田松陰』をうたった。

「こんな歌があったのか。どういうときにだれがうたうんだろう」

「私が今、こういうときにうたったじゃない」

「そうだけどさ、本来はもっとちがう場面でうたう歌じゃないの？」

「どういう場面で？」

「さあ」

霞と私は同時にだまり、同時に笑った。ひとりではなくカラオケ・ボックスにいることがうれしかった。

「へんな歌をうたうんだな。じゃ、もうひとつの持ち歌はなに？　聖徳太子、なんていうんじゃないだろうね」

「あ、『楠木正成』ならできるの。合気道の先生に詩吟でやらされたから。でも、ないでしょ、カラオケには」

「聖徳太子と同じだったな。冗談で言ったのに」

「あら、ぜんぜん時代がちがうじゃない。聖徳太子は古代の人で楠木正成は……」

「わかってるよ、でも、歴史ものというところでいっしょだよ」

「日本史、きらいなの？　もうひとつの歌は歴史ものじゃないよ。許されぬつらい恋をして、でもがんばる歌」

「それがいい。それにして。高杉晋作はやめてさ」

「吉田松陰だってば」

私はたのしくてスキップしながら選曲ボタンを押した。ひとりじゃないカラオケ・ボックス。こんな日が自分に訪れるなんて。選曲は『月の法善寺横町』。

＊

包丁一本　さらしに巻いて
旅へ出るのも　板場の修行
まってていさん　かなしいだろが
ああ、今のわてには
親方はんにはすまないが
味ののれんにゃ歯がたたぬ

＊

「いい歌でしょ。恋をしても恋におぼれず、現在の自分の技術と立脚点を客観視していて聡明で、ちゃんと生活基盤を堅固なものにしようと恋をプラスに昇華する板前さんの心意気がナイスだわ」

つらい恋もエンジョイできてこそ自立した男。やっぱり大阪万博以前の男はちがう。

「そうかな。ぼくはそうは思わない。恋をしても恋におぼれず、なんてことはありえない。ならばこれは恋とは呼べない。恋愛ゲームだ。きみは恋をしたことがないんだよ。中・高生のような恋のことじゃない。大人の恋をしたことがないからそんな机上の論理が吐けるんだ」

私はみがまえた。これからまた霞が長々と「。」がなくて「、」でつながったことを述べると。

「恋とは、それはたとえば音声言語が機能しない空間のなかにおける、音声が実体をそこに直接的に現前させる形而上学こそが最優先されるべきものとして成立してしまった現代社会のひずみのなかに息吹く、古代への回帰であり、音声言語はもはや書かれたことばとしての再現と化しつつも、古代にはもはや生を見いだせぬ我々は現前するかのように、演じてみせるものなのではなくて、むしろ古代への回帰をさらに直接的に体現するべきことが優先されるべきであったにもかかわらず、灰色の冷たい虚構にかくれようとして実体そのものを見失いがちな傾向にあるから、それならばぼくは虚構をあえて前面に出し、その虚構という名の現実のなかで演じるという行為を憎悪しつつも選択せざるをえない、ここにしかないものを求めつつ、両者は重なりあって一致するかのごとき一瞬を見せてくれることを享受するが、両者は完全に一致することはありえないから、さながら、かの北の果ての王国の王子のごとく死霊におびえ、また死霊を崇拝し、現実にある生命体との闘いに疲弊《ひへい》し幻想を見るときにこそつぶやく、ことば、ことば、という台詞《せりふ》は、それが書かれた音声言語であることを人々から忘却させる効果をもって、本来の虚構性をも忘却させ、そこはそこではなく、ここに光の速さで飛翔して、北の果ての国の王国は溶解し、マングローブの繁る南の楽園にいるかのような幻影をみごとにわれわれに与えてくれるものなのだから、その南洋の海にならば、ぼくは盲《めし》いた者のようにとびこみ、イルカともなるだろう、それが恋ではないのか」

やはり霞はやってくれた。ペラ三枚分、「。」のないごたいそうなわりに、中身は、

（ようするに、恋におぼれるような女が好きなんですね）

とマクドナルドのコーヒーなんだけど、この「ようするに」をやると万博後の男は「しおしおのぱー」になるから、

「恋におぼれる女に私もほんとうはなってみたいけれども……」

と、ちょっとアレンジメント操作をおこなった。

「フ、それはきみが飛ぶのを恐れなければ容易に実現することなのかもしれない」

「どっちかっつうと、私が飛ぶのを恐れているんじゃなくて、私が飛んでくるのを男が恐れてるから、今までのロマンス人生、暗かったんだと思うけどなあ」

私はカラオケを選曲した。

＊

十五、二十六、三十と私の人生暗かった

過去はどんなにつらくとも
夢は夜ひらく

セリフ「あんなにつらかったわてらの恋も、親方はんは許してくれはった。あとは包丁の修行を積んで一人前のおんなになることや。な、ええな、こいさん」

過去はどんなにつらくとも
夢は夜ひらく

＊

「力石さん、フ」

霞は私からマイクをとりあげた。

「なに？」

「いつキスしたらいいの？」

「今」

ぐを。マイクが衣服にこすれる音が共鳴して彼と私はキスをした。

第六章　森へ行きましょう娘さん
Szta Dziewczka

「なぜ踊る⁉」

なぜ踊る⁉　なぜ踊る⁉　ほんとに、なぜ、なぜ踊る⁉

私は道路に膝をつきたくなる。つけない。霞　雅樹のコートのボタンに私の髪の毛がからまっているからだ。

『サムジン』を出たあとの暗い街路。私たちはボックス内のカメラを気にしないでもいいはげしいキスをおこなっているさいちゅうである。

そのはげしいキスのとちゅうの息つぎのときに霞は言ってくれたもんだ。

「結婚してるんだよ」

「えが」

え、そういう事実をこんなときに言うのはどうなんでしょうか、と言う暇なく、また水にもぐっちゃって、快楽優先。

そりゃあ、商社マンとか銀行員とかなら多くは結婚してる年齢だけど、写真出版のデザインとか企画とかやってる人なら独身ってのはバツイチ含めてめずらしくないし、指輪もはめてないし、だいたい指輪ははめててよね、結婚指輪、婚約指輪、ステディ・リング、みんなはめててよ、「もうつかまりました」って看板に。指輪＝首輪なんだからさあ。つかまった人は男女ともお歯ぐろしててよ。

つぎの息つぎで、

「隠してるつもりなかった。こんなことになるとは思わなかった」

って言われても、

「こんなことしながら言わないでよ、えが」

って、息吸ったらまた水のなか。乗りかかった船。快楽優先。

隠してるつもりがあったなら、私は光栄だと思うの。隠してるってことは下心、そんなものを私のような者に抱《いだ》いてくれるなんて、すごく光栄。下心なんてもんを男に持ってもらえる能力がまるで欠けた者に、そんなこと、とても光栄。

つぎの息つぎ。

「子供は？」

「子供は……いない」

また水のなか。十五、二十六、三十と私の人生暗かった。いつだったか「あなたのような美人に男がいないわけがないでしょう」と言ったやつ、「いったいどういうつもりでそういうこと言うの、そう言うあなたは私とセックスしてくれるわけ？　する気もないのにいいかげんなこと言うんじゃねえよこの野郎」と襟元《えりもと》摑んで問いつめてやろうかと思ったけれど、「あなたのようなビジンが」ってのは「ブス」の同意語で、ブスとは♂の本能を刺激しない女のことだと、問う前にさっさと熟知するしかなかった空き家の人生、おお、過去は過去はどんなに暗くとも、夢は夢は夜ひらく。

「奥さんてなにしてる人？　専業主婦？」

酸素を吸わなくっちゃ、と訊いたのがウンのつき。訊かなきゃよかった、こんなこと。霞さん、答えてくれたもんだよ。

「バレリーナっていえばいいのかな……」

「ぎょへーっ」

どんと霞をつきとばそうにも、スタンドカラーの伊達《だて》なコートのかざりボタンに、いつのまにかからまっていた私の髪の毛。

「な、なぜ？　なぜ踊る⁉」

首を曲げながらかくして私は叫んだ。なぜ？　なぜこうも私が「あ」で「ピン」な意識を持ってかかわる男の相手の女は、みんな踊っているのか。髪が短いおよびスキンヘッドの四輪免許を持っていない男はバレリーナが好きなDNA的根拠でもあるのか。ひとりくらいバレーボーラーとつきあっていてくれ。同音のバレーなら。

「帰る」

「帰さない」

「バレリーナはいや」

「なに、それ」

「バレリーナは怖いの」

「背徳はぼくだって怖い」

「背徳じゃなくても怖いの、私は。バレリーナは鬼門なの」

「バレエといっても大きなバレエ団に所属してるわけじゃなくて、自分でやってるだけだよ」

一番、怖い。

「ぜったいバレリーナはだめなの。むかし、レッスン・バーを折ったし」

「レッスン・バー？」

「いいの。とにかく帰る」

「帰れないよ、これじゃ」

私の髪と頭を両手でつかまえる霞。これでは旧約聖書の巨人サムソン、髪の毛がウィーク・ポイント。

「デリラ、はなして！」

「デリラは女だろ」

「私は自分の下心をちゃんと認めてて、あなたのほうは背徳を恐れているなら、いわゆる一般のパターンからすると女と男が逆転しているからちょうどいいじゃないの」

「きみを欺《あざむ》いていた結果になったことはぼくもつらいことをわかってほしい。それをもしきみがデリラの欺きとののしるならば、しかたがない。しかしバプテスマをもとから持たぬわれわれにいったいなにが欺きであるとジャッジメントする絶対的存在があるというのか、サムソン」

「謙遜して私は自分をサムソンと言ったのよ、他人からサムソンと呼びかけてもらいたくないわよ。ぶぶ漬けでもどうどすと言われたら、遠慮しときますと断ったらどうなの」

「あいにくと、ぼくは生まれも育ちも坂東でね」

「ぎゃーっ。もひとつ気づいた」

髪が短くて四輪免許を持っていなくて相手の女はバレリーナ、に加えて、全員、東京もしくは神奈川生まれだ。どうしよう。この共通項。これをXとして因数分解したら7Xじゃないか。

「ああん、分母にもひとつXが来てほしい」

「分母？」

「そしたら約分して7だけ残って、7人の男に彩《いろど》られ、私の人生明るかったのにぃぃぃ。『荒野の七人』に出てた俳優みたいな人と添いとげるのがおなごはんの幸せどす、となぎなたの先生の言ったとおりになったかもしれないのにぃぃ」

「こんなにかなしませてしまって……。力石さん、でも聞いてほしい。ぼくがキスしたのは、嘘いつわりのない気持ちからなんだ。へんな歌、うたってるきみがほんとうにかわいいと思ったからです」

「あれ?」

純文の人からは売文と白い目で見られても、文章を取り扱う者の性《さが》、キスしてても文体が気になる。

「なんで急に〝です・ます〟体になるの?」

「ばか」

霞の口がふたたび接近する。銀座ミキモトの歯並びを武器に。

「今ここに、ふたりがいることだけを、今ここでその意味の……」

「〝。〟のないやつはあとにして」

ベサメムーチョ。快楽優先。離陸した飛行機。次の空港で息つぎをしたとき、やっと髪の毛がほどけて帰宅する。

*

「叔父なる人」のいる病院で、洗ったおしめを干していた。

あしたから三月になる。屋上の風はごくおだやかで、確実に春が近づいていることを告げていた。それでも春の光のなかに自分が漬からぬかぎり、私は春が来ることが信用できない。

「毎日、ごくろうさまね」

若い看護婦さんが私に小さな袋をくれた。

「なんですか?」

「試供品のハンドクリーム。たくさんもらったの。使って」

「まあ、ありがとうございます」

セロファンに入ったチューブをポケットにしまった。

「力石さんは、結婚してるの?」

「いいえ。看護婦さんは?」

「しようと思ったけど、やめちゃった。しようと思ったんだけど」

看護婦さんは手すりにもたれている。クリーム色の日差しが彼女の頰のうぶ毛にはね、糸くずが手すりではたはたとゆれる。彼女の頰を涙がつたった。

「しようと思ってた人、薬剤師さんと結婚しちゃったの。おうち、病院だったから」

薬剤師さんのほうが。おうち。長男。あとはそのような語句がとぎれてにごった。

「ごめんなさい」

彼女は顔をそむけた。

「ううん。私、行こうか?」

「そばにいて」

彼女はそう言ったあと、手すりで組んだ腕の上に顔をうつ伏していた。私はだまって横に立っていた。

「力石さん、空手と剣道と合気道をやってたんですって?」

腕に顔をくっつけたまま、方向だけを私に向けて彼女は言った。

「うん」

「じゃ、強いのね。わたしも強くなりたい。空手、習おうかな」

「いいよ、習わなくて。看護婦さんをやっているというだけで、とても強くて立派と思うわ」

「……わたしね、世界の人の役にたちたくて、なにか役にたちたくて、小さなことでいいから役にたちたくて、看護婦さんになったの。でも、彼には薬剤師さんのほうが役にたったのね、きっと」

「そんなことないわ」

そんなことない、ということばは空虚だと、ときに言う人がいるけれども、私はそうは思わない。そんなことないわ。この語を切望している事情のある人のほうが、空虚だと言う人よりも、たいていの場合、おそろしいほどの空虚さを知っているはずである。

「そんなことないわ。看護婦さんはその人の役にたったと思うわ」

私が言うと看護婦さんは私の手をにぎった。

「ありがとう」

「ううん」

「クリーム、またもらったらあげる」

看護婦さんはそう言って屋上からおりた。

病院からの帰り道、「罪」ということばが私を追いかけてくる。

学齢に達するまで、私は家族とはなれ、よその家にあずけられていた。宣教師の家だった。よその家で、私はこのことばを頻繁《ひんぱん》に聞いた。罪。そして罰《ばつ》。

実家にもどってからも、広い家にはたいていだれもおらず、ひとりの六畳間でいつもTVをつけていた。ある日、TVが怪奇映画を映し、若いメイドが病気の老婆のせわをしている。メイドは郵便配達夫と恋仲になり、病人のせわで家を出られない彼女に会うため、郵便配達夫はバルコニーをよじのぼってくる。バルコニーでふたりが抱き合ってキスをしているとき、病人が呼び鈴を鳴らす。だが、若い恋人たちは抱擁に夢中でベルの音が聞こえない。老婆は死んでしまう。それでメイドは錯乱して、バルコニーから飛び下りて死に、その家には死霊が棲みつくという映画だった。小学生はその映画を見て、

「罰」

と、ひとりごちた。メイドをにくたらしく思ったわけではない。恋をして抱擁したことが彼女に死の罰を与えたのだと思い、怖かったのだ。

「叔父なる人」や若い看護婦さんが苦しんでいるのに、私は霞とキスをした。キスをするのはいけないことである。霞が妻帯者だから罪なのではなく、霞と妻との性愛も含め、性愛はすべて、例外なく罪だと私は思う。そう思えてしまう。そして邪悪なくして快楽があるだろうか。

「愛し合っていればセックスするのは自然なことよ」

と思える人々が存在するのが、私にはわからない。邪悪な心なくして勃起できる人間というものが、私にはわからない。

罪なくして快楽はなく、そして罰を受ける。罰を恐れる私は、だから私はセックスができないのだろうと思う。それゆえに私はすべての牡に牝としては映りはしないのだ。

しかし霞　雅樹の目には、そうではなく映ったとしたら、霞　雅樹の感覚にもなにか事情があるはずである。

「なんといっても、私にすすんでキスをするような男がいるはずがない。なにかある」

キスをしてから霞とは会っていない。『サムジン』に行った二日後に電話がかかってきたが、留守電にしたまま出なかった。

「霞です。留守電の声をきいてしばらく考えていました。こんな声だったかな、と。早春の午後に。じゃあまた」

留守電の吹き込みまで、ひとむかし前のフランス映画の字幕のような口調。フランス式、と略してやろう。フランス式が、キスをする前ならただおかしいだけであったが、した後は腹がたつ。こんなやつ嫌いだ、でもうれしい、と思う自分に。

どれだけ受話器をとろうとしたかわからない。だが私は電話には出なかった。いけないわ、あの人には奥さんがいるのよ、ダメ、ダメ、いけないわ、こんなこと、と思ったわけではぜんぜんなくて、

「はやく原稿をしあげてください。今月の新刊文庫のスケジュールが狂いますので」

というファックスを、霞の電話の前に受けていたのだ。スケジュールが狂うと編集部もたいへんになるが、私のほうの経済状況がもっとたいへんになる。

「厚生年金も病欠手当てもないんだからね、自由業は」

留守電に向かって言う。自由業とはこれすなわち不自由業であることを、世間の人はあまり知らない。休んだら休んだぶんだけ露骨に収入がダウンするのだ。病気になったら病気になっただけ収入がダウンするのだ。「叔父なる人」の病院代にもひびくのだ。こっちのスケジュールにあわせて原稿の依頼が来てくれるわけじゃないから、日曜、祭日に休めるわけではないのだ。そのうえ、やらなきゃならないのは原稿だけではない。帳簿つけも

ある。自由業《フリー》だからといって税金《TAX》フリーなわけではない。

「とりあえず、原稿の前にこっちを」

頭をふって、まず帳簿をつけはじめた。ぷつぷつと電卓たたきつつ、それでも鼻孔の記憶の襞《ひだ》よぎるフランス式わきが。

「霞という男のウラには、なにかある」

私に用事のない電話をかけてくるような男が存在することが、にわかに信じられない。

「ちょっと、いるんでしょ。出てよ」

留守電からえりかの声。このえりかの夫の出版社にわたす原稿を書かなくてはならないのに。

「帳簿をつけてたのよ。確定申告の時期でしょ」

「そうね。それはそうと、あのさあ、理気子ちゃん、前にね……」

えりかはいくぶんためらいがちにきりだした。

「理気子ちゃんが前に訊いてたあのバーバリアンな野良犬のこと、なにかわかった?」

「わかんない。わかったの?」

「いいえ。でも理気子ちゃん、ずいぶん気にしてたみたいだったから」

「気にしてたわよ」

バルンガの砂漠にいきなりふってわいた盆と正月、金と銀。

「ふーん。だから霞さんと会ったの？」

げに高速情報化時代。まさかセーフティサーブにあらたにインプットされてるのではなかろうね。

「会った。セックスしてない」

「え、いやあね。そんなことだれも訊いてないわよ」

「そう？　そういう質問だったと思ったんだけどな」

「ふーん。ミイラ取りがミイラになったか」

「だからまだミイラになってないってば」

「野良犬のことはもう気にしてないの？」

いくぶん追及するような口調だった。

「どう気にすればいいの？」

「どうって……」

「気にする実体が、今現在、私の世界にはないのよ」

澁澤龍彦に心を奪われたなら、それに貞節を守れとでも？　自分の世界に存在しないものに貞節を捧げろとでも？　ラーメン二十杯食べて毛深い風邪をひかない夢のなかに出てくる王子さま（私の趣味嗜好《しこう》の夢のなかに出てくる王子さま）に貞節を捧げた結果が、高齢処女のありさまよ。

「私ね、前に高齢処女とある雑誌に書かれたことがあったの」

「処女なんてなにさ」と私は思わなかった。好きでもない人とセックスするより、だれかを好きになり、そのだれかも自分を好きになり、そしてセックスするのが幸福であろうと思っていた。

「わたしもそう思うわよ。思うだけなら、みんなそうなんじゃない？　表に出る行動は人それぞれだろうけど」

えりかは二十歳のときにセックスをしたと言った。

「初体験の相手の人のこと、わたしすごく好きだったわ」

「そういう相手がいなかったのよ。セックスって両者の合意のもとに成立する行為だもの。合意なきものは強姦というのよ」

「どうして合意の機会にめぐりあわなかったのかしらねえ。縁の神にみはなされてたのかしら」

「世界には自分一人だけが棲息しているのではないからだと思うわ。神さまは公平なので、だれかひとりだけの意思を優先するわけにはいかないから」

「なんだか敬虔なのね。自分は不当な扱いを受けていると思わなかった？」

「思ったこともあった。でも、人が生きているうちの縁とか機会とか環境とか、そういうものすべてを時間の糸だと想像してみて」

世界には巨大な数の人間が棲息し、その数ぶんの時間が流れている。地球はあたかも時間で紡《つむ》いだ手鞠《てまり》のようだ。手鞠の上に住み、だれかがだれかに出会う縁などほんとに限られていて、限られたなかで人は人と出会う。「否」ではなく互いに「諾」と言い合う相手と。

「私は会わなかった。会わない年月が積もり、高齢処女になって、なってなってわかったの。人が人に出会う縁がどれほど価値のあることか今までわかってなかったってことが」

「わかる」なんて言い方がおきれいごとすぎるというなら、「焦《あせ》る」とひらきなおってもかまわない。女にとってセックスを拒否されることがどんなに恥ずかしいものか、どんなに屈辱的でぶざまで傷つき恥ずかしいものか、たぶん私を拒否してきた男たちは露ほどにも想像できなかっただろうけれど、しかたがない。私には彼らを勃《た》たせる能力がなかったのだ。それが、澁澤があのようにキスをし、霞がこのようにキスをし、金と銀の糸が突然に自分の糸にふれた。だが澁澤があのように行方が知れず、霞がこのように留守電に吹き込んできたとしたら、

「霞さんの糸を今は気にするわ」

私はえりかに答えた。

「澁澤さんにもし再会できたら?」

「仮定については考えられない」

「そ、か。やっぱり霞さんは女には電光石火の早業だったか」

「アアッ、それ、いいっ！」

受話器を持ったまま私は足をばたつかせた。

「なにが」

「電光石火の早業とか女に手がはやいとかってことばが。聞いただけで欲情する」

時間を無駄にしていない。

「ダニー・デヴィートとか電光石火とかヘンなもんに興奮するのね。その早業の霞さんなんだけどさ……」

「私は気にしてる。えりかちゃんも気にしてる？」

えりかはしばらく黙っていたが、

「ううん。わたしね、霞さん、もういいわ」

とぽつりと言った。

「なんで？　やっぱりエイズなの？」

私はまず、これを疑っていた。私などにああいう接近をするような男のウラといえば、と考えたその一。

「エイズ？　ちがうわよ」

「なんで断言するの？」

「だって、奥さんが妊娠中だもん。そういう人はいろいろ検査を受けるでしょう。異常あったら旦那さんだって検査受けるでしょう。そのへんはまずちがうわよ」

「妊娠中？」

なるほど。子供がいないとはそういうことか。そして、そういう状態だから私などにああいう接近をする気にもなったのだ。しかしなにも私でなくてもコトはすむだろうに。やっぱりなにかウラがある。これだけではないにちがいない。

「ところで、なんでえりかちゃん、そんなに霞さんのことくわしいの？」

「じつはね、わたしね、霞さんの奥さんを知ってたの」

銀行で何度か話したことがあるのだという。霞（夫）に『セ・マタンノワール』で会って以来、霞、というみょうじが頭に残り、記憶の糸をたぐりよせた。

「みょうじで思い出したというより、みょうじが一致したというか」

忘れられないくらいの記憶を彼女に与えた女が霞（妻）なのだ。

「銀行に入ってきてね、わたし、たまたまその日、入ったところのカウンターについてて、その人、入ってくるなり、私の顔を紙でぴしゃっとたたくくらいの勢いで、紙をカウンターに置いて、文句を言いはじめたの」

銀行からの通知になにか霞（妻）を怒らせるような不備があったというらしいが、

「その人ね、おかっぱの髪でアバンギャルドな黒い服を着て、わかるでしょ、あのテの、それはもう自信に満ちた……」

えりかが詳細を話しはじめると、私は受話器を座布団の下に入れてしまった。聞きたくなかった。なにかウラがあるぞと思っても、「こんなやつ大嫌い、でも電話かかってきてうれしい」という、陳腐な表現をするなら女らしいよろこびを、あともうすこし、もうすこしでいい、味わっていたかった。夢は夜しかひらかぬならば。

(Parle)
Je sais bien qu'un ex《わたしにはわかっている》
Amour n'a pas de chance……ou si peu《この恋は不幸だと》
Mais pour moi,《でもわたしは》
une explication vaudrait mieux《教えてほしいの》

「私は教えてほしいの。森にはなにがあるというのか」

私は受話器を座布団の下からとりだし、えりかに言った。

「アバンギャルドな服をきた自信にみちたバレリーナが妊娠中だから、まずいものでもおいしそうに見えたとしても、それでも私にはじゅうぶん光栄なの。空腹でもまずそうにしか見てはもらえなかった年月だったから。教えてくれそうな人がやっといたとしたら、そしたら私は教えてほしいの、森や森の向こうになにがあるのか」

高齢処女と書いた雑誌の出版社、たしか『週刊文秋』を出してるとこと同じだった。

「セックスしたあかつきには〝レディの雑誌から〟に告白を投書してやるわ。じゃバイバイ」

文秋社のみなさま、私は力石、力石理気子でございます。えー、力石、力石理気子。みなさま、おつとめごくろうさまです、こんにちはー。処女であることを隠しているのはたいへんです。力石がやってまいりました。ホモやレズをカミングアウトするのはかっこいいけど、処女をカミングアウトするのはかっこわるい。不公平ではありませぬか。処女差別撤廃にむけてがんばります。政府は働く処女には低量ピルを。力石、力石理気子でございまあす。

＊

星野（夫）は喫茶店でアイスクリームを食べていた。

「やあ、理気子ちゃん、確定申告でいそがしいところをもっといそがしくさせちゃって、どうも」

「いいえ。遅れると私のほうが困るから」

私は原稿の重い茶封筒を星野にわたす。

「ゲラは来週に出る。理気子ちゃんのはもうまちがいないと思うから、ゲラの校正は細部のつじつまあわせのチェックくらいでOKだよ。いつもうまいよね、ほんとに」

「ありがとう」

星野は出版までの日程と原稿料や支払い期日等について話した。

「じゃあ、これで」

私が席をたとうとすると、

「ちょっと、めしでも食ってかない？」

めずらしくひきとめる。

「いつもうちのが仲良くしてもらっちゃってるし……」

「えりかちゃんもいっしょ？　もう銀行、終わったの？　早いね」

私はあたりを見まわす。

「いや、あいつはいなくて、べつの人が」

「べつの人？」

「理気子ちゃんに会ったことあるって言ってた」

「だれが？」

「その、べつの人が」

「ふうん？」

「彼女がさ、理気子ちゃんに会いたいんだって。会いたいってたって、そんなおおげさな意味じゃなくて、たまたま今日、理気子ちゃんに会うよ、って言ったらワタシもいっしょに、って言うからさ。一応、おれ、頼まれたもんだから」

「ふうん。編集部の人？」

「まあ、そうだけど。バイトというか、先々週からちょっと手伝いをしてもらってる女の子で……。今日、時間ないの？　時間ないならべつにいいんだよ」

病院の用事はすでにすませ、原稿もあげたばかりだ。だれかといっしょに夕食など、願ってもない。

「時間はだいじょうぶ。よろこんで。でも、どこで私はその人に会ったのかしら？」

「前のバイト先って言ってた」

星野といっしょに繁華街の、デパートの六階にあるレストランに行くと、そこにはバレリーナがいた。絵描きさんの個展の画廊にいた人である。

「ど、どうも……」

私はびくびくしながらお辞儀をした。

「とびいりでごめんなさい。ちょっと前にお会いしましたでしょ。今日、星野さんがあなたに会うと言うからなつかしくて」

バレリーナはものすごく姿勢がよい。姿勢がよいというのを通りこして胸を張っているといったほうが適切だ。

「御著書、読ませていただきました」

席につくとバレリーナ。

「はあ、どうも」

びくびくしている私。

「ご存じですか？　さる文豪がいったこと。こうした文學というのはただ状態を書いてあるだけだから認めないって」

「はあ、さようで」

この種のことを伝えてきたり、言ってくる人は多いので、いきなりこんなふうに言われることも日常茶飯事になってしまっている。

「茶飯事なので、なににしますか？」

メニューをふたりに示す。ウェイターがやってき、私たちは注文をすませる。

「もっとはげしい描写をなさるものだと期待しておりましたのに、ごくありきたりな性描写でしたので意外でした」

バレリーナが言い、

「数多くの読者をよろこばせるということが売れるということなんだよ。そういうことを酌《く》んで計算してコンスタントに書けるのがプロなんだよ」

星野が言う。なんだかこんな会話が前にもその前にもその前の前にもあったなあ、書いてる年月だけは長いからなあと思いながら、私は水を飲む。

「私、またスペインへ行きます。アンダルシア方面で踊ることにしました」

バレリーナが言うので、絵描きさんにお会いになったらよろしくと私は言う。

「力石さんは、星野さんの奥さんと仲がいいそうですね」

バレリーナが言うと、

「まあ、仲がいいというか、知り合いだよ」

星野が説明する。

「でも、伊豆にごいっしょに行かれたんでしょ?」

バレリーナが私に訊く。

「伊豆? えりかちゃんと?」

私が訊くと、

「ちがうんだよ、そうじゃない。伊豆と言ったのはたとえばの話で、そういうことをしてもいいような知り合いと言ったんだ」

また星野が説明し、

「ちがうわ。ふつうだったら伊豆なんて、わざわざ伊豆なんて地名は出てこないわ」

「それはきみがまだこだわってるからだろう。おれは伊豆について、そのときはなんのとくべつな意味あいはなかった」

「いいわけだわ。伊豆というのはとくべつな意味が、すくなくとも星野さんにはあるわ」

「そんなに伊豆にこだわらなくてもいいじゃないか」

「こだわってるのは星野さんのほうだわ。伊豆がそんなによいのなら……」

と、ふたりはなぜか伊豆についてしきりに話し合う。

よくわからないので私は和風弁当という名前のメニューの料理をもくもくと食べた。

食事のあと、デパートのビルを出るなり、

「わたし、帰るわ」

バレリーナはさっさとタクシーをとめて帰ってしまった。

(はて、この会食の収拾はどうつければいいのか)

苦渋にみちた表情、といった表情をしている星野のとなりで私はあぐねる。

「あのー、ちょっと歩きましょうか?」

「そうだね」

星野はぽつぽつと歩く。

「悪かったね、理気子ちゃん。めし、うまくなかっただろ?」

「料理は料理だから。しゃべりながら食べるの、上手じゃないんで、ふたりがにぎやかにしててくれたから、私はそれでたのしかったです」

「にぎやか、って……」

「ひそひそとは話していなかったから」

「はは、そうだな。あんなふうになっちゃうとは思わずにきみを誘ったんだけど。いやね、おれにはなぜか理由はわからないんだけど、あの子がしきりときみに会いたがってさ。おれは、おおげさな意味じゃなくて、なんて理気子ちゃんには言ったけど、ほんとは、なんとしてでも会いたいってあの子が言ったんだ」

ピン。そうか。もしや。私はバレリーナの心理を推理した。

「会ったからには、理気子ちゃんを信用して言うけど、おれ、あの子にたぶん惚れてる」

やっぱりね。それでバレリーナのほうも私に会いたがった。星野さんの妻と仲がよくて妻のことを知っている私に。ほんとうは私に会いたかったのではない。星野さんの妻のすがたを、私という柱のかげからちらっと「見てみたかった」のだろう。

「きみは信用できる。これはぼくの、きみに対する最大の賛辞だと思ってほしい。妻の知り合いにこんなヤバいことを言う男はいない。でもきみは信用できる」

この信頼の高さが、男をして私を親友と呼ばせる資質であり、男の目に女とは映らぬ資質でもある。

「他言はしません。その点はほんとうに信用してくださってだいじょうぶです」

「じつは、伊豆にふたりで行く行かないでこないだからもめてて、それでさっきみたいなことになった」

「なんで伊豆に行くんです?」

「え、そりゃその」

「伊豆にセックスしに行くってこと?」

「そういう言われ方するとミもフタもないけどさあ……」

「まだセックスしてないんですか?」

「してないよ。誓う。ほんとだ」

星野もバレリーナも、さいしょ会ったときからなんとなくお互いに「気になった」。それでなんどとなくふたりで会うようになった。先日、バレリーナがいっしょに伊豆へ行こうと提案した。

「おれ、それはできないって言ったの。惚れてるけど、それを越えたらだめだ。妻を裏切ることはできない」

「裏切る? なんとまあ、死ぬほどおおげさな語句を」

「きみは結婚してないからそう思うかもしれない。でも、ぼくは結婚してる。結婚してる 者にとって、それは裏切りなんだ」

苦渋にみちた表情、といった表情を、また星野はする。

「ならこっちも言うわ。星野さんはセックスをしたことがあるからそう思うかもしれないけど、したことのない者にとって、星野さんはもうとっくの昔にえりかちゃんを裏切ってるわ」

「おい、ヤッてないよ。ヤッてないったら。ほんとうだ。信じてくれよ」

「そういうことじゃないわ。星野さんと彼女がセックスしてないことは信じます。べつに私は星野さんを咎《とが》めて、裏切っている、と言ってるわけではないの」

「じゃ、潔癖性の論理？　精神的な裏切りもすべて許されないという」

「本来はそうでしょ」

「そんなこと言ったら、世界中の男も女もみんな裏切ってるぞ」

「ええ。みんな、とは言い切れないでしょうが大勢の人がそうでしょうね。だから、なにをいまさら『裏切り』だなどとおおげさなことを言うのかとも思うし……」

「ばかな。中学生じゃあるまいし、キスしたから結婚してよと言ってるようなもんだ。そんなのは。そんなこと言いだしたらきりがない。きりというものがあってこそ現実なんだ。おれは妻を裏切ってはいない」

「べつに私は星野さんを咎めてないんだからそんなに怒らなくてもいいですよ」

本来ならば、結婚した以上、TVに出てくる女（男）を見ても、なんらかの異性としての感情を動かしたらもう裏切りであると、私は思う。しかし、星野の言うとおり「きり」というものが現実にはある。その「きり」は表面的なこととは無関係である。

たとえば、星野がバレリーナと肉体だけがめあてでセックスをしていたとしたら、その裏切り度はたいへん低い。ゼロに近い。しかし、星野がバレリーナに「惚れて」いるならば、ただ喫茶店で茶を飲んだだけでも彼の細胞はよろこび、喫茶店で茶を飲むという行為はえりかにとってこのうえない裏切りである。ましてやバレリーナとキスしたとなれば、それは、顔面シャワーだけで本番はしてない、だんじて裏切っていないと言っているようなものだ。ましてや「惚れて」いるのにセックスをしないというのは、さらに精神的に裏切り度が高い。それがもっとも妻の心と自尊心を傷つける行為だからだ。そのうえ、夫は自己の真実にさえ対峙《たいじ》できない幼稚な人間なのかと妻は落胆し、さらにそのうえ、セックスを拒否されたほうのバレリーナも女性としての自信を破壊され、一生の恥辱として死ぬまでその恥を背負う。私は怪力だから、今までに背負わされた恥にも目をつぶり、おめおめと気にしない配慮をしてしまうが、いわゆる女らしい人であれば、

「キィーッ！」

を、やって、そのあと男の前で泣けるのだ。泣いてみせるのではなかろう。女らしい人というのはほんとうに泣けるのだ。

「そんなら、なにをもって惚れているというんだよ。ぼくがこうしてきみと歩いているのだって、惚れていることになるのか？」

「そんなこと、自分の心を直視すりゃ、すぐわかることでしょ。私に対する感情とバレリ

ーナに対する感情と、いっしょ？」

「いや、それは……」

「ちがうでしょ。星野さんの気持ちをだれより覗《のぞ》いて見られるのはほかでもない星野さん自身なのよ」

「しかし、彼女とは結婚できないことは明白なのに深い関係になるというのは、彼女に対してひどいことだと思う」

「そんなこと言ったって、もうふたりははじまってしまったんだから。ドアを開けてしまったんだから。星野さん、彼女のこと『惚れ』たくてバイトに雇ったわけじゃないでしょう。ほかの人がバイトに来てたらちがったでしょう？」

ドアを開けておいて、あとは自己保身にまわる、この江戸末期の薩摩藩のような、『奥様は魔女』のラリーのような、めめしい変わり身の術。と言おうとしたがやめる。星野に泣かれては困る。

「まあ、いいじゃないの。恋は恋。家庭は家庭。えりかちゃんはえりかちゃん。彼女は彼女。みんな愛の種類がちがうんだからさ」

えりかと結婚している星野がバレリーナと恋をしても、えりかとバレリーナは星野にとっていっしょの人物にはなりえないではないか。

「チョコレートとエルメスのスカーフはべつのものでしょ」

妻につづいて夫にも「チョコレートとスカーフ」のたとえを用いている。

「食べ物と布が融合しそうになるから、怖いんだよ」

星野はたちどまり、しげしげと私を見た。

「つくづく理気子ちゃんは……」

「なに？」

「メカニカルだなあと」

「星野さんもそうすればいいじゃない」

なんだか星野夫妻にべつべつの場所でおなじことを言われている。

「いったいなにが怖いのよ」

「裏切ることができない、というのはもっと正確に言うなら、自分が壊れてしまうのが怖い、ということだ」

裏切るということばにおきかえて、妻に対する誠意であるかのようにしてしまっている自分のごまかしが自分でわかる。わかりかけると、

「怖いんだ。妻への愛は妻への愛、彼女への愛は彼女への愛、というふうに仕切りで区切れなくなって、自分の足場がどこにあるのかが見えなくなって、自分が壊れていくような不安感だけにつつまれる。男はそれが怖いんだよ」

と星野。男は。女は。なぜこういうふうに言うのか。ボクハ、オレハ、ワタシハ、と言

うべきことではないか、恋愛のような私的なことは。

「なにが怖いのよ、そんなもん。じっさいにどう？　チョコレートとスカーフがいっしょくたになる？『ハエ男の恐怖（旧版）』の瞬間移動装置じゃあるまいし」

「なるよ。なってしまうのが恋だろ。『ザ・フライ（新版）』になっちまうのが恋なんだよ」

「あらま。霞さんと同じようなことを。星野さん、髪の毛、長いくせに」

「だれ？　霞って」

「いいえ、こっちのこと」

「なにもかもわからなくなってしまいそうになるほど好きだから、怖いんだろ。わからなくなってしまいそうになんかならない風俗嬢とはすぐにセックスできる男が多いのは、だからだとおれは思うけどな。もっともおれは金でセックスを買うのはいやだけど」

「じゃあ、金で買わずに彼女と伊豆に行けばいいじゃない。それでいいよ。避妊には厳重注意して」

「だからさー、そういうことじゃないから、こうなってるんだけどなあ」

苦渋にみちた表情、といった表情は星野から消えていた。

「いいんだよ、星野さん。彼女に恋をしているぶん、もっとえりかちゃんのこともだいじに愛してあげれば。それが男のスケールの大きさよ」

「戦前の人みたいなこと言うんだな。浮気は男の甲斐性《かいしょう》って思考。でも、あの子とは浮気じゃないから怖いわけで……堂々巡りだな。困ったもんだ」

駅についた。

「じゃ、くれぐれも原稿はなくさないで、力いっぱい売ってくださいね」

「ああ。今日は借りをつくったし、営業にも言って尽力する。それと――」

「ん？」

「――理気子ちゃんに対してだって、おれのように困ったやつは、きっといたんだよ。きみが『わからなくなる』にならないから困ってたと思うよ。冷静さを欠いてしまう時間がないと、卑下するしかなくなる。けど、『わからなくなる』ができる男には、きみが気落ちしているふうには見えない。被害妄想にちかく見える。それは相手をさらに困惑させる」

星野は切符売り場で言った。

「でも、きっときみのことがすごく好きだったんだよ。自分の心の占有率が大きくない女相手には困らないんだからさ」

「ありがとう」

私は星野の顔を短くないあいだ見て、言った。

第七章　バーン

しずしずと雨がふっている。部屋は一階で、ブロック塀にかこまれた坪庭《つぼにわ》がある。庭のすみにはすこし苔《こけ》がむしている。雑草がある。ほかにはなにもない。鉢も、バケツも。隣人はやつでの木を植えていて、枝がわずかにこちらがわに入っている。沈丁花《じんちょうげ》も植えていて、雨に湿った空気に乗って、匂いをしのばせてくる。

早春の夜。消防車の遠い音。しずしずとふる雨。濡れた芳香。やつでの、常緑樹の、大きな葉がもそもそと微風にゆれる。

「気温十五度程度で、消防車の音が遠くに聞こえて、小雨がふっている夜、沈丁花の花が近くに咲いている」

これらの要素すべてがそろった状態で匂いを嗅ぐ。気を失いそうになり、机の両はじを手でつかまえる。つかまえたまま、さらに匂いを嗅ぐ。すみやかに、セーラー服の生地の感触と重さが皮膚によみがえり、すみやかにまならうらに教室が浮かぶ。通っていた高校の教室である。たとえば定期考査の期間。試験のあと。机と椅子がぶつかる音。舞うほこり。さわがしい声。さわがしい声はしだいに小さくなる。定期考査中、武道の練習はない。早く帰宅する。広い家。だれもいない。六畳間。TVをつける。『大岡越前』の再放送。女子高校生は想《おも》う。恋をするという光景を。それは今ではない。いつか、である。女子高校生の想う光景は明確ではない。ビルの角。ぐうぜん。花束。電話。驚き。笑い。海。波。白いワンピース。恋という語から長きにわたって旧西側諸国各種マスメディアが定着させたものを曖昧《あいまい》と想う。曖昧とした光景である。光景は曖昧としているが、それが自分にいつかは訪れるということに対しては確信している。時を経るとともに多くの女子高校生は、自分がそうした光景を想ったことを忘れる。忘れ、忘れたぶん障害なく現実の恋を獲得し、成熟した肉欲を学ぶ。数IIBの問題を解いたあとに『大岡越前』の再放送を見ていた日のことは、もう彼女たちの記憶になく。

また一呼吸「気温十五度程度で、消防車の音が遠くに聞こえて、小雨がふっているときの、沈丁花」を嗅ぐ。その匂いは現在の年齢や職業や暮らしをすべて忘れさせ、いつか、その光景を想ったころの私にさせる。明日の試験にそなえて生物IIの問題集の解答を丸暗記していた。遺伝。RNAメッセンジャーの伝達の組み合わせの問題。そのとき消防車のサイレンが遠くで聞こえた。そのとき小雨がふっていた。広い家の庭。やつでが繁っていた。欅《けやき》。ヒマラヤシーダ。にせアカシア。銀杏《いちょう》。ゴム。それから沈丁花。重たく繁るみどりいろの木々の葉にそそぐ雨。濡れた芳香。

「いつか、ね、私ね……」

いつか、から自分が避けられる場合もあるのだと知る前のように、私は匂いを嗅ぎ、想う。旧西側諸国各種マスメディアが長きにわたってつくりあげたまぼろしの光景を。そして、はっと、自分はもう高校生ではないことに気づき、自身の年齢を思い、恥じ、机の両はじから手をはなすのだ。

赤鉛筆を持ち、また原稿の校正作業をつづける。つづけながら腹をたてる。霞からの電話を待っている自分に。

しかし、なぜ今晩、電話がかかってくるとわかるのだろう。ほんの一ヵ月のうちの留守電のデータからインターバルを感覚が把握したのか。たぶんそうだろう、そんなところだ。「女のカン」とよく世間の人は言うが、性差別だ。カンは男にもある。いつのまにか相手の人間の習性、周囲の慣習、状況の展開等を、推理するデータが脳に記憶されて、本人の意識なく脳のひきだしから出てくるのだ。女にしか、この脳のメカニズムが備わっていないと言うのだとしたらそれは男の脳に対する差別だ。気の毒に。

私はせっせと校正をし、腹だたしいが電話を待った。電話はなった。

「もしもし。霞ですけれど」

データを正確につかんでいただけのことだ。カンではない。

「はい」

「なにしてたんですか?」

「霞さんからの電話、待ってました」

正直に答えた。かけひきの上級者から叱られるだろうか。相手をいい気にさせると。

「でも、電話、待ってたんだからしょうがないんです」

「それは、パラドキシカルな防衛ですか？　長い不在を、今ここに長い切望だと虚構をあえて演じてみせることで、特殊な存在を顕示することとなる結果を、類型としての抽象的不在ではなく、意図された実在であるにほかならないところの防衛といってもいい、フ。いずれにせよ、ある特定な存在をしてラビリンスに閉じ込めうる効果があるのだけれども、その効果がはたして一般性を持つかどうかとなると、はなはだ疑問を感じる、フ。もちろん、それが認識的布石であり、一般性に還元できなかったとしても、そこに意図された防衛にも似たものがあるとするなら、長い不在も関係に亀裂をなんらおよぼすことなく、むしろあえていうなら抑圧された楔《くさび》が生じたと思ってしまう、フ」

このフランス式を待っていた自分が腹立たしい。

「ずっと留守電にしてあったけど、ほんとはいたのよ。かたづけなきゃいけない原稿があって……。電話くださってありがとう」

「伊勢丹美術館でジャン・コクトー展をやってて、チケットが二枚あるんだけど、どうかな、と思って」

チケットが二枚ある。いやだなあ、これ。なぜこんな手間をかけなくてはならないのだろう。大阪万博以降、大都市にかぎらず人口のすくない町にもスーパーマーケットができた。スーパーマーケットの定価が小売店より安いのはなぜか。それは産地↓卸問屋↓販売店という流通経路のうち中間の手間を省いたからである。私はスーパーマーケットが好きだ。スーパーマーケットには洗剤も野菜もお菓子も種類が多く、一堂に陳列されている。お菓子ならお菓子を、グリコか森永か明治か、店員に邪魔されることなく好みを吟味でき、これ、と、さっと選べる。しかも小売店より安い。時間が節約される。時間はなによりも貴重。二円安いだけでも本質的にはもっと安くなっている。スーパーマーケットに品物を流通させず、小売店で定価販売に固執する資生堂やカネボウのようなことを、なんで恋愛ではしなくてはならないのだろう。包装、デザイン等のコストを極力省き、100円化粧品を普及させた、ちふれ、をみならってくれ。クリニークなんか、肌質のテストをしてからでないと商品が買えない。待てよ、これはこれでラディカルな恋愛だ。あとで消費者センターにクレームつけられるよりも、ちゃんと肌質テストをしてから商品を買わせる。まずエイズ及び性病テスト合格証を見せあって、コンドームと荻野式で、恋愛にのぞむ。一見、こうるさそうだが広い視野で見れば手間が省かれている。

(私はね、霞さん、あなたに下心を抱いているのだから、わかってるでしょ、〝チケット二枚あるんだけど〟は必要ないのよ)

しかし、クリニーク式とちふれ式に、男は「しおしおのぱー」になるのだ。「こいつ手慣れてるな。そうとう遊んでるな」とか「情緒がない。ミもフタもない」とか。私もだいぶ学習したのだ。男が好きなのは資生堂とカネボウで、ならここはいっそシャネルやディオールになって、容器やパッケージングや広告にうんとこさ手間をかける、電通《でんつう》に頼んだっていい、恋愛は電通だ。そうだ、広告代理店が恋愛なのだ、きっと。

「行かない？ ジャン・コクトー」

「行きたくないけど、行きます。トノス（精力剤）も飲みますから、行きましょう」

「なに？ トノスって」

「トノスを飲んでジャン・コクトーに行こう」

「トリスでしょ」

「ええ」

翌日、霞と私は伊勢丹美術館に行った。ディズニーのアニメのようなピンクのワンピースを着るという行動。ディズニーのピンクのような色の口紅をつけるという行動。喫茶店で待ち合わせる行動。キスはなかったような顔をしてごぶさたしてました、と言い合う行動。今日も雨だね、と天気の話をする行動。資生堂とカネボウの、いや、シャネルとディオールの手間というのは、だがしかし、おこなってみるとなんと甘いものだろうか。高校生の味がする。

鼻の奥から舌へと過ぎた時代の旋律がよみがえる。ソウル・ドラキュラ。なごり雪。

雨と遠い消防車の音、濡れた花の匂い。数IIBの数列に手をやいてたころの、世界史のローマの五賢帝をおぼえていたころの、体育祭のほこり、文化祭のどよめき、六組のナカハラくんはユカちゃんのこと好きなんやで、嘘やん、ナカハラくんは二組のプッチと違《ち》ごたん、下駄箱の砂、お茶当番、風紀委員、購買部でパン買《こ》うてきて、キンコンカンコンキンコンカンコン。

舌から耳の奥へと旋律がよみがえる。ベイシティ・ローラーズ。好きよキャプテン。ジャン・コクトーなんかどうでもよかった。『多芸多才の男』のコラージュの前で、霞のすがたを横目で見ている。178センチと中背だが、背筋がまっすぐで、肩幅がひろめでジャケットの脇がよれない。黒いタートルのセーターと黒いジャケットとフラノの銀ねずのズボンと先のとがった黒い靴。トランプのジョーカーがはいてるような悪魔の靴みたいなその靴は、スキンヘッドにとても似合っている。フランス式のくせに鼻梁《びりよう》が低くて胡座鼻《あぐらばな》で、それが腑《ふ》におちない気がする。私の歩く速度をたしかめるときにふりむき、かの歯並びを見せてほほえむ。歯並びは、新宿伊勢丹なのに銀座ミキモト。

(好きよ。好きだ。好きである。好きにならないといけません。好きなんです)

言い聞かせる。

「言い聞かせる?」

言い聞かせているのだろうか、私は。好きと言い聞かせて恋をするのだ、という冷静さではなく、好きと言い聞かせて恋をしているという冷静さを残しているぞと、言い聞かせているのではないか。

「どっちなんだろう」

どっちでもいいではないか、と、また言い聞かせる。今は「手間」の甘さを嚙めばいいのだ。それだけでいいのだ。また言い聞かせる。

「この衣装、きれいだね」

霞がガラスケースのなかをゆびさした。

「ほんとだ」

霞の指を見ている。こっちのほうを陳列したいくらいのきれいな指だ。

(現実を摑めそうにない指だこと……。いけない、またよけいなことを……)

ためいきをつく。

「フ、どうしたの？　立ってるの、疲れちゃった？」

「いいえ、そんなことは」

「夕ごはん、食べようか」

「はい」

伊勢丹のなかにあるレストランに私たちは入った。このまえ星野とバレリーナといっしょに来たところである。サラダとメンチカツとオムレツを一皿ずつ。ワイン一本。霞はほとんど食べない。私も食べない。

（これは……）

食べたいのをがまんしているのではない。食欲がまったく湧かないのだ。怪力、大食の私が食欲が湧かない。言い聞かせているのではない。

（これは、ダメになる……）

ワインがまわりはじめ、はじめて私は「手間」に陶酔した。自分がダメになってゆく、その気配を感じ、ダメになりたい、と願う陶酔。星野から聞いた。フランス書林文庫の春のコピーは「ああ、あなたにダメにされたい」。

「霞さん、もっと食べたらどうです。大西さんはもっと食べるよ」

「だれ？　大西さんて」

「いちばん仲のよいともだち。刑務所に入ってるから今は会えないけど」

「男？」

「うん」

「男と女に友情なんか成立しないよ」

「そういう人もいる。そういう人のほうが多いでしょう。たぶん」

「ゲイ以外は全員がそうだ。そんなこと、ありえないんだよ。あると言うなら、友情ごっこだ」

ごっこにできるならしたいくらい友情ばかり成立した過去を、もう語るまい。

「とても仲がよくて、気があって、話がはずんで、それでそばにいて、それで性が介在しない関係なんて、力石さん、これ実践できると思いますか？　とくに男の生理からしたら不可能だよ、そんなこと」

実践できない状態がはやく来てほしいの、私は。ほんとにもう、みなさん実践してくださっちゃってねえ。できない状態は、いつ来るの？　いつか、は、いつなの？

「机上の論理だと思うな、フ。男女で親友というのは、いつわりの関係で、さもなくば幻影であると。なぜならこれはエロスとプシケが分裂していくんだよ。そりゃあ、恋愛に友情的な要素がないとは言わないよ。でも男と女が互いに好きで性が存在しないなら、それはどちらかかたほうが、あるいは両ほうが忍耐を強いられている。苦しいものなんだよ」

そうよ。苦しいわよ。ぐるじいわよ。私は強いられつづけてきたんだから。私の人生暗かった、って歌ったでしょうが。

「でもね、両ほうが忍耐してない場合は成立するじゃない。私と大西さんみたいに、忍耐せずとも性が介在しない場合」

「そんな場合はすごく仲良くならないよ」

「霞さん……」

私はうっとりと霞を見た。この人は「そんな場合」など想像だにできぬくらい、中性ではない。性の帯のはじっこにいるのだ。武田久美子のコンセプトの男だ。

「苦しむといいわ、霞さんは。悩むといいと思うわ。だって――」

言おうか言うまいか、フランス式お恥ずかしいざますセリフ。するかすまいか、「手間」の電通パッケージング。言おう。ワインもまわった。酒の力を借りて言うぞ。

「――だって霞さんの顔は悩んでいるのがよく似合うわ。苦しんでいる顔が見てみたい」

う。うわーっ、言った。言ったぞ。キリシタンの踏み絵、関西女のこのセリフ、顔から火が出るったあこのことよ。飛び下りたぞ、清水《きよみず》の舞台。思わず目をつぶっちゃう羞恥のジェットコースター。とそのとき、目をつぶる私の両足が捕えられた。テーブルの下で霞がさっと足をのばして私の両足をはさんだのである。みおのょっ、はときいんっ。顔から喉から肩から鎖骨から火が出る、噴火する。フランス式恥のうわぬりったあ、このことよ、ええい、もってけ泥棒。は、は、は、は、恥ずかしい！　でもうれしい！　バーン。

「ぼくはいつも修羅《しゅら》を抱えている男なんだ。ぼくにはほんとうの強さというものがなかったのだと思う」

修羅。しびれるわ。このおおげさな語句の選択。

「ぼくの結婚は二度目でね。さいしょは学生のときだった。もう学生運動なんかしてる者はほとんどいなかったんだけれど、そんなふうなことでいっしょになった。女の人は男よりもずっと潔くて強いと思う。おそらくぼくは他者の強さを共有することで自分も戦っていると錯覚していた。革命を志しながらなにひとつ社会を変革などできず、世界を旅したいと思いながらフリーランスになることができなかった。願いながらできなかったのは、きっとぼくのなかに自堕落なものがあるからだと思う。決然となにかを断ち切ることのできないだらしなさがあるのだと思う」

「霞さん……」

ちゃんと「。」を入れて話せるんじゃないの。

「きみをはじめて『セ・マタンノワール』で見たとき、ほとんど会話などしなかったのにもかかわらず、切実なるものを感じた。もっともボンドガールみたいな外見にもべつの意味で感じたけどね。この人は修羅を抱えている人だと思った。でもね修羅って自分だけが抱え込むべきじゃないんだよ。ぼくは力石理気子という存在をまだ理解してはいないけど、その切実なものや重い修羅をぼくとわかちあうことで、きみがすこしでも元気になれるのならば、そういうかたちできみを応援したいと思ったの。妻帯者としてはさ。だからきみから電話がかかってきたときうれしかったし『セ・マタンノワール』で話せなかったことや、ほかのことや、いっぱい話したりしようと思ったの。アガってたよ。なにをどこからどう話したらいいんだろう、どうしたらきみの心証を悪くしないだろうかって。すごく緊張してた。それなのに、あんなふうになるとは、ほんとうに思わなかった。なぜあんなふうに逸脱してしまったのか、それこそが、ぼくの制御心のない自堕落さだろう。ずっとこのまま修羅を抱えて、ぼくは墜《お》ちてもいい」

ペラ二枚にわたる長さでも「。」があるうえに「修羅」と「逸脱」と「切実なるもの」の三点以外にしちめんどくさい語がない。消化された日本語長文が霞の美しい歯並びを持った口から発せられたのを、私ははじめて聞いた。

「そんなこと言われて、どうしたらいいのかわからないほどうれしいわ」

うれしい。切実なる云々や修羅云々という主要部分ではなく、外見をほめてくれたことが、私はうれしかった。外見をほめられること、これ以上、明快で涙がでるほどうれしい賛美があるだろうか。骨の細い小柄な人は死んで骨太の大柄な女に生まれ変わってこないかぎりわからないだろうが、日本に於いて長身で大柄な女が、その外見だけに因《よ》ってどれほど男を威圧し、それがこちらへの嫌悪と憎悪に転化するか、言わせてもらうけど、小柄な女にわかってたまるか！　小柄というのはやせているということじゃない。背が低いということではない。長身の小柄な女もいる。背が低いか骨格がきゃしゃか、どちらかの要素をクリアーしているということだ。両者クリアーしている場合が正統的小柄だ。ピアノも詩もバイオリンも絵も文学もバレエも哲学も、新体操はむろんのこと陶芸、墨絵、琴、三味線にいたるまで、男の傷つきやすい繊細な感性が受容できるのは、すべて小柄な女の、大柄な女が決して持ちえないところの、あらかじめ嵌められた枷《かせ》のないいきいきとした官能の芸術なのだ。そして息づくあはれと雅《みや》びの芸術に共鳴するのもまた小柄な女たちであるのだ。かくして芸術は小柄な女によって造られ、男たちによって受容される。皮肉ではなく、小柄な女には、計算のないみずみずしさと精緻《せいち》な官能を、神が与えたもうているのだ。それをセクハラというのはおかどちがいもはなはだしい。男だって勃たせねばならぬそのナイーブなペニス感覚に終始おびえ、汗水たらすのだから。

「それはしかたのないことなのです。ホモサピエンスまで進化した牡が、哺乳類の段階ですでに種の保存として遺伝子に組み込んだ、牡が牡であるところのアイデンティティなのです。だからこそ――」

と、霞の口と歯を見つめる高齢処女は、身長170センチ、握力51キロ、肺活量3400cc、反復横跳び47回、垂直跳び62センチ。霞の目は豆つぶの形をしていて、笑うと目尻に三本、涙ぶくろ直下《ました》に一本、左右で計八本の皺がよる。

「――だからこそ、そんなこと（外見のこと）を言ってくださって、どうしたらいいのかわからないほど、うれしいです」

「いや、ほんとにそう思ったから。修羅を抱えている人というのに、ぼくはなにか……どう言ったらいいのかわからないけど……」

「いや、そうじゃなくて外見をほめてくださったのが……えと、どう言ったらいいのかわからないけど……」

「最初の結婚が破綻したあと、もう結婚なんかしないと思ってたんだよ。知り合いにむりやりチケットを買わされて、つきあいでバレエを見に行った。それが今の同居人と知り合ったきっかけ。ひとりで踊っててさ。かなしい踊りに思えた」

霞の顔が真正面から四十五度左にそれ、斜め横顔が私の視界に入る。この角度になると霞の鼻梁の低さが如実になるので、それを見たくない私は、自分も右に四十五度顔をまげた。右に顔をまげると左側の顔が霞のほうを向く。左側の顎にはおじいちゃんの投げた釘入り雪玉の傷痕がのこっているのでいやだったが、彼の妻の話なら真正面を向いて聞くべきではないからしかたがない。

「向こうも一度結婚に失敗しててね。うまくやっていけると思ったんだろうな。自分のやりなおしたい気持ちや、なにかを追求したい願望を、相手に託することでどうにかしようとしたんだろうと思う。きっかけはどうあれ、結婚して、そして共同の生活が積まれて、いまも積まれつつあるんだが……」

「小柄？」

「コガラ？　コガラってなに？」

「バレリーナだから小柄？」

「ああ、その小柄か……。……そうだね」

私たちは互いに顔を斜めにそらせながら話している。

「それでいいではないですか。結婚という生活は霞さんの主要部分だし、それについてそんなに原因や現状を考察する必要はないのではないですか？」

「だが……」

「どんなに考察されても、それについて私がなにか言うことは礼儀に反するし、なにかかかわることはできません」

この場で重厚に考察するくらいなら、キスをする前に重厚に考察すべきことです、と言いそうになったが、私には言う資格がないような、これは妻帯者とか独身とかいった問題とはまったくべつの話で、女としてのデキの悪さを考えると私には、そういう詰問《きつもん》めいたことをする資格がないような気がしてだまった。

「今は、今という時間のことだけでいいではないですか」

「ぼくの家庭のことを口にするのは愉快な話題じゃないことはわかっているけど……絵空ごとになるような気がしてさ」

「絵空ごと……」

その意味は私にはわかりかねた。こんなふうに会うことがはじめから絵空ごとなのに。

「それのなにが都合が悪いの？　絵空ごと、好きです。『サウンド・オブ・ミュージック』好きですもん」

私は正面を向いた。霞も正面を向いた。

「力石さんの好きな映画は、ほかにはなに？」

「映画ですか？　そうですね……心象風景や心理描写のすくない映画が好きです。そういうことは活字で読んだほうがおもしろいから。映像で見るならストーリーのあるもの」

ベルイマンとヴェンダースの話はやめようね、あとズラウスキーとかドワイヨンとかもお断りよ、という注意書のつもりだったが、

「ぼくはベルイマンとヴェンダースなんかが好きで、あとズラウスキーとかドワイヨンとか」

みごとに霞は注意書を無視した。

「西洋には絶対的な神というものが存在していて、東洋のスピリチュアルな神とは異なり、その相違をあえて無視することでぎゃくに西洋思想と東洋思相の普遍的なる人間の存在の根源の暗黒に仰臥《ぎょうが》する、あるいは伏臥するどろりとしているにもかかわらず決してゆるがざる痛みが顕在化するのではないかと試みる鑑賞のしかたをしてきているにすぎないのだけれども、ぼくの内部に巣くう沈鬱なものをえぐりだし、むりやりライトをあてられたような心地になるのはやりきれないとは思うものの、フ、いつのまにか、また彼らの映画を上映している映画館に足が向いてしまってね」

「スウェーデン語とドイツ語が静かにナレーションされていると美しいですものね」

私は必死でベルイマンとヴェンダースの映画の唯一の長所を述べた。スウェーデン語とドイツ語に精通しているわけではぜんぜんないのだけれども、言語を音楽として聞くとき、

これらの硬いことばはフランス語やイタリア語よりずっと、硬いゆえに、冷たい石廊にふと影さす瞬間のような脆《もろ》さを感じさせる甘美があり、あたかもまんじゅうにすこし塩が入っているかのごとく美しい旋律を奏でる。

「しおみまんじゅうのおいしさのある映画です」

「しおみまんじゅう?」

霞はベルイマンとヴェンダースをしおみまんじゅうにたとえたことが、若干気に入らないようで、

「そんなふうにベルイマンの作品を分析するのは通俗的すぎやしないかな」

すこぶる気に入らないようで、だが、

「霞さんといるとどうも、どういうふうに言ったらいいのかわからなくなっちゃう」

と、言うと、これは期せずして彼の気に入った。

「光栄だね、フ」

期せずして気に入られてしまった。私としては彼の妙な「フ」の呼吸法にひきずられて話しづらいという意味だったのだが。

「きみはさっき、ぼくがもっと悩む顔を見てみたいと言ったけれど——」

霞はワインを私のグラスにそそぎ、また足をのばして私の足をはさんで、

「——ぼくは、きみがもっと、わかんなくなっちゃう、ような顔を見てみたい」

とつづけた。そんな顔は今してるよ、霞さん。こういうこと言われると顔から喉から鎖骨から、火が出る、噴火だ、ゴジラ、ゴジラ。

「ありがとうございます」

「なんのお礼なの？　それ」

「いえ、そういうことを言ってくださって……その」

ごくごくごく。ワインを飲み干す。よけい顔から火が出た。

「じゃあ、その、あの。そうだ、こうしません？　好きな映画を十本ここに書いてください」

割り箸の紙をさした。

「私も書きます。それから交換して、自分が見てないものがあったらビデオでレンタルして見て、あとで感想を言い合ったりするっていうのどうでしょう」

「いいよ、そうしようか」

霞は、ジャケットのポケットからペンを取り出し、ひとつだけタイトルを即座に書いた。ちらと見えた。見たことある映画だ。画家だか詩人だかの女とピアニストだか作曲家だかの男が恋におちる。めちゃくちゃ退屈なフランス映画。ピアニストだか作曲家だかの男には妻子有り⧄《マス》。

「この映画、好きでさ……。もう崩壊していくしかない妻との関係を断ち切れないでいる男が主人公なんだけど、崩壊していくしかない関係でも、彼の芸術と妻の芸術は切り離せないものになっていて、もうひとりの女に修羅を与えざるをえないゆえに、苦悩するのだけれど自分の熱情にも流されてしまうという暗さに、暗い救済のようなものを感じて」

「いいのに、そんなこと」

私はつい口をすべらせた。だって、いいのに、そんないいわけ。きみとは結婚できない、でもヤリたい、って言ってくださるのならこんなに光栄なことはないの。私にヤリたいと思ってくださるような男の人に会えたというだけで、ほんとにほんとにほんとにほんとにほんとにほんとにほんとにほんとにほんとにほんとに、ほんとにほんとにほんとにほんとにほんとにほんとに光栄なのに。そんな人、いなかったんだから。うんと極端に言えば、セックスなんか実現しなくたっていいくらい。「ヤリたい、でもできない」というセリフだけでもいいくらい。ヤリたいと思ってくれたそのことだけで、私はしあわせなの。今まで私を拒絶した人だって、こう言ってくれれば、霞じゃないけど「救済」されたのに。ヤリたいけれどできません。それならとってもよくわかるもん。徹底的にみなさん、私とはヤリたくなかったんでしょうね、それでも自殺しないで生きててよかった。だって、テーブルの下で足をはさんでつかまえて、わけわかんなくなっちゃう顔を見てみたいとおっしゃってくださるような人と会えたんだから。だから、ちっともいいのに、そんないいわけ、ぜんぜんいいのに、そんないいわけ。妻は妻、家庭は家庭、アフェアはアフェア、なんでチョコレートとスカーフをいっしょくたにしちゃうのかなあ。手間がかかるなあ。スーパーマーケットきらいなのかな、霞さん。

「いいのに、そんなこと……」

私は、しかし、ただそれだけをくりかえした。霞はすこしだまって私を見、話題を映画のリストアップにもどした。

「でも、急に十本と言われると思いつかないなあ」

考えている。私はてきとうにさっさと四、五本ほどの映画のタイトルを記した。

「ちょっと歯をみがいてきますから、そのあいだに書いておいてください」

「わかった」

「あの」

「なに？」

「足をはなして」

「フ」

「……」

私は席をたち、

「私のはこれ」

紙をわたして洗面所に行った。

(私が言うのもナンだけどさあ、あれじゃあ奥さん、たいへんだろうなあ)

洗面所で歯をみがきながら、思う。天才が、努力を努力とは感じない人間であるとしたら、手間を手間とは感じない人間が恋愛体質である。霞はまちがいなくこれだ。元気なのに点滴されてる高校生のように甘い。$C_{12}H_{22}O_{11}$（ショ糖）。

「だからこそ……、なんだっけ、ひとりで踊ってるバレリーナだっけ、ひとりで踊ってる奥さんは、霞さんの$C_{12}H_{22}O_{11}$な体質に惚れて結婚したんだろうな。その体質に惚れて結婚したからこそ、その体質の人の行動も把握してて、把握してるから、ああ、毎日心配なことでしょう」

よかったー、霞さんの奥さんじゃなくて。霞に恋をしているくせに、つくづくこう思いながら口をすすぐのだった。「手間」の甘さはたしかに認める。ショートケーキみたい。とろける生クリーム、キュンと胸しめつけるいちごの酸味、舌と口蓋をなでまわすスポンジ部分のやわらかさ、ショートケーキはおいしい。しかし、力石の一族は全員が、からすみ、このわた、なまこ、わさび漬けが好物の血族。アイスクリームは卵くらいの量を一週間かかってやっと食べられるしまつ。一日の量なら「手間」の甘さはスプーンひとさじで充分なのよ、そんなに多くを恋する相手に求めない、求められない体質なのよ、だから心から奥さんに、

「たいへんでしょうねえ」

と、慮《おもんぱか》ってしまう、ヘンな立場。

「でもさ、さらに考えたら、こんなに都合のいい女ってそうそういないんじゃないかしら。私って都合のいい女コンテストで優勝できるんじゃないかしら」

口紅を塗りなおして思い、さらにさらに思う。

「こんなに都合がよくても、ヤリたくないって人ばっかりだったわけだから、よっぽど私には性的な能力が欠落している」

クリネックスを使わねばならなさそうになるのを、

「霞さんはそんな私の足をテーブルの下ではさんでくれるような人なのだから……。そんな人に会えたのだから……」

と、感謝して洗面所を出た。

「書いといた」

席にもどった私に霞は割り箸の袋をおみくじのように折ってわたした。

「出ようよ」

霞が言うので、私は椅子にふたたびすわることなく店を出た。

「あんまり食べなかったけど、食べずにワインを飲んだからまわらなかった？」

「すこし、まわった」

霞のあとについて歩く。

「悪いんだけど、これからまた会社にもどらなくてはならないんだ」

「そうですか……」

がっかりする。銀行員とか墨田区出張所所員とか、かたぎの職業の人にとっては妙に聞こえるかもしれないが、河原乞食の自由業と、その自由業者が取引相手の出版社社員、夜の十時半に帰社することはきわめてよくある話。

「ちょっとそのへん散歩してから、駅に行こうか」

なにを話すということなく、霞と私は傘をさして夜の新宿を歩いた。

「へえ、この路地を抜けるとここに出るのか」

方向音痴の私には霞がすいすいと夜の街を歩くのが神秘的に見える。

「力石さんて、小さいときにあんまり出歩かせてもらえなかったんじゃないの？」

「ええ。よそんちにあずけられてたりしたからその家の人が近くで遊べって言うし、よそんちから実家にもどってからは家の人が留守がちで留守番ばっかりしてた」

「そういう人って方向音痴になるんだよね」

「そうなのかなあ」

ぼんやりしていると霞はさっさと細い路地に入って行った。

「こんな道、通りぬけられるの？　知らなかった」

暗く細い路地がものめずらしく、ぽかんと上方を見ながら歩いていると、私の手は霞ににぎられた。

（えっ？　なんで？　前を歩いててなんで私の手の位置がこんなに正確にわかったの？）

すごくびっくりした。手をつないだまま、路地をぬけ、ぬけたところで霞はキスをした。傘が二本、開いたまま道におちた。キスのあと、手をつないだまま駅まで歩き、そこで別れた。

「来週、電話する」

霞は切符売り場でも手をはなさず、口紅が色うつりした口で言った。

「待ってるわ」

ぼんやりと私は答えた。

電車のなかで、割り箸の袋のことを思い出し、ポケットから出す。おみくじのような結びをほどく。紙に映画のタイトルは、レストランで見た一本しかなく、タイトルではない文字が書いてあった。

「ピンクがすごく似合うね　霞　雅樹」

みおのょっ！　はときいんっ！　顔から喉から鎖骨から、火が出る噴火だ、ゴジラ、ゴジラ。

「かーっ、あいつはー。なんて女に手慣れたやつ」

車内で地団太ふんだ。

手間は凪。手間は星。手間は鳥。手間は花。手間は恋。でもでも、でもね、いったいいつヤッていただけますのでしょうか？　手間は月。手間は海。手間は雪。手間は愛。でも手間は手間だよー。

第八章　新・森へ行きましょう娘さん

「手間のかかる男のことで悩んでいます。手間がかかると考える時間が増えてしまうので、考えると怖くなります。はじまりもしない前から終わりが怖くなるのです」

割り箸の袋に向かって私はしゃべった。

「夏が来たら終わりだということはよくわかっています。配偶者が妊娠中で魔がさしたのでしょう。私は分不相応な望みは抱いておりません。だから私に考える時間を与えないでほしいのです。時間制限があるのにあまりに手間をかけるのは時間がもったいないです」

割り箸の袋はなにも答えない。ためいきをつきながら、さきほど女性雑誌の編集部から送られてきたファックス用紙を見る。読者の悩み相談に「今月のゲスト回答者」として答えろと言う。私こそ相談したいのに。

＊

つきあっている彼のことで悩んでいます。わたしは二十八で彼は十歳年上です。彼には奥さんがいます。不倫だと言われてしまえばそれまでですが、でも、わたしは彼からお金をもらっているわけではないし、彼と会う日はたのしいけど、会わない日は会わない日で仕事にもがんばっています。彼とはただ知り合うのが遅すぎた、って思ってる。子供ができた以上、ちゃんと結婚した彼の選択もよくわかるし、それで家庭というものをちゃんと守りたい気持ちも理解しているつもり。彼がそういう状態になってしまってから、わたしたちはめぐりあったのです。純愛だと思うといえば甘いと叱られるかもしれませんが、ほかに言いようがないのです。つきあって六年になります。ほかの人に目を向けようと努力したこともありました。今も努力しているつもりです。正直に言いますが、一度、浮気をしました。わたしのことを好いていてくれる同い年の同僚でした。でも……だめだったんです。浮気をしてわかったことは、わたしは彼しか愛せないのだということ……。彼に離婚してくれなんていうつもりはないし、いまもふたりはすごくうまくいってて、はなればなれになることが考えられません。けれど、ときどき不安になる。このままずっと彼とつきあっていって、子供を生むことはできず、ずっと社会から認められない存在でいつづけなければならないのだろうかと。世間でひんしゅくを買っているいちゃいちゃカップルだって、わたしからするとうらやましくてなりません。なにもあんなことまでしなくてもいいから、手をつないでいっしょに歩いてみたい、そんなふうなことを思います。友だちは、どうしてカレを紹介してくれないの、って無邪気に訊きます。そんなときが一番つらい。なんだか自分がすごくずるずるした性格の人間であるかに思われて……。もう若くない自分の年齢も不安にさせるのかもしれません……。

名古屋市／U・O

「はー。読者の悩みに筆者が答えるんじゃなくて、筆者の悩みに読者が答えるページをつくってほしいよ」

私はペンをとった。

＊

＊

名古屋市のU・Oさん、私はあなたがうらやましい。ずるずるした関係を持てるにはどうしたらいいんでしょうか。U・Oさん、あなたは若い。若くないとおっしゃるが、相手の彼より十歳も若い。これは永遠に変わりません。だから六年もつづけられたのではないでしょうか。いいですなあ。私は無理です。カレとかいうものをずるずるひきとめる能力がありません。若いときだってなかったのに、今はもっとハンデです。カレとかいうものをずるずるひきとめていらっしゃるばかりでなく、浮気まで成就する。しかも、ワタシノコトヲスイテイテクレル人と。いやあ、うらやましい。ふたりも！　それなのにもうおヤりにならないんですか？　なんで？　そうか、カレとかいうほうの人がちゃんとずるずるヤってくれるからか、いいなあ。名古屋市のU・Oさん、どうしたらずるずるヤッてもらえるんでしょうか。ずるずるどころか、まず初回はどのように事を運べば行為に至るのでしょうか。網タイツとスリットわきの下までのチャイナ・ドレスで待ち合わせの喫茶店に出向けばいいのでしょうか。この初回ってやつ、これ、どうなさいました？　避妊の問題はどうクリアーなさったんでしょうか？　以前、私は男の人にその問題について訊いたら嫌われました。コンドーム持ってるなんて用意しといたみたいでいやだ、って。リキイシサンガソンナヒトダトハオモワナカッタって。友だちは、ラブホテルに行けばいいじゃん、って言うんですけど、そんなときが一番つらい。どうするとラブホテルに行く流れになるんでしょうか。レッツゴー　トゥ　ラブホテル。イエス、ヒアウイゴー。で手間なしがいいんですけど、レッツゴーって相手が言わない場合、こっちが言ってもいいもんだと思います？　それやるとまたソンナヒトダトハオモワナカッタですよ。清純さが消えるからいやだというより、イニシアティブをとれないのが男にとってはいやなんだよ、と、べつの友だちは言いました。じゃあ、ラブホテル界隈だとわかっている道を歩いていて、歩いているあいだ、どうすればいいんですか？　だってわかってるじゃないですか、ふたりともなにもかも。わかっているのにそのあいだ、どういう話をしてればいいんですか？　それってすっごく、それってすっごく、すっごく、すっごくシラジラしくも薄汚い顔になってる自分が見えて、こんどは女のほうがインポになりません？　名古屋市のU・Oさん、どうしたらいいんでしょうか。なんだか自分がカサカサした性格の人間のような気がして……。

東京都　R・R

＊

このまま名古屋市のU・Oさんにファックスしたいくらいだったが、そうもいかず、書いた紙をまるめて捨て、もう一枚、書いた。

＊

名古屋市のU・Oさん。そんなに悩むことはないと思います。彼とあなたとはうまくいっているとおっしゃるのだから、相性があうのでしょう。すべてを一度に精算しようとするから無理が生じて、苦しい思いになるのでは？　彼とだけの世界ばかりでなくほかの世界にも目を向けようとなさっているようですね。その姿勢を忘れないでいれば、やがていろんなドアが開くのではないでしょうか。とりあえず、あなたに好意を抱いていてくれるという同僚の人ともう一回、セックスしてみましょう。一回だけではお互いに緊張していてよく味がわからないで、ちょうど食べ物をあわててのみこんだような具合になっています。それなのに「やっぱりわたしは彼でないとダメ」と思うのは早計に過ぎます。テニスはなさいますでしょうか。セックスはコミュニケーションですから、テニスのような個人競技にたとえますとワンセットが10ゲームです。その同僚の人と10回しないで、「その同僚のセックスはヘタ」と審判するのはアンフェアです。サルトルも著書でデイアネイラに言わせたように「むかしから世間に通っている諺であるが、人は10回やるまでは、その人のセックスについて判定をくだすことはできない」なのです。だからワンセット終了前に試合を放棄するのは、映画評をする人が、映画をぜんぶ見ないで★をつけたり、書評をする人が本をぱらぱらっと見ただけで、ひどいのになると帯とプロフィールとあとがきだけ見て書いているようなものです。強姦については論外中の論外、とんでもないことですが、和姦（相手があなたにとても好意を持っていて、あなたもセックスしてもいいと思った）によるセックスに一度はんこを押した以上は、女たるものワンセットは行うのが礼儀たしなみというものではないでしょうか。男もしかり。これがレディとナイトというものです。第1ゲームから第10ゲームをすべてプレイして、それでも「やっぱり彼（妻子あるほう）でないとダメ」と思ったら、そのときはまたおたよりください。

＊

ファックスをした。私なりにせいいっぱい答えたつもりであったが、

「さすがは恋愛経験豊富な力石さんですね。ファックスを読むなり大きくうなずいてしま

いました。本来ならばこのまま掲載したいところですが、このままですと、うちの雑誌のカラーには苦しいのです。もうしわけありませんが、一部、過激ないいまわしは削らせていただきます」

悩み相談係から連絡が入り、結局、私の回答はつぎのように変更になった。

＊

名古屋市のU・Oさん。すべてを一度に清算しようとせず前向きに生きましょう。彼以外の男性にも目を向けようとされているようですから、あなたに好意を抱いていてくれるという同僚の人とも、もうすこしよく話したりしてみてはどうでしょう。それでもその人とは気が合わないようであれば、またべつの人と……というふうに、この姿勢を忘れないでいれば、やがていろんなドアが開きますよ。

＊

私がもっとも言いたかった「セックスはワンセット10ゲームだ」ということはまったく削除されてしまった。騎士とレディの精神についても削除されてしまった。もういいや。なんといっても名古屋市のU・Oさんはすでにずるずるした関係を手に入れているのだし、私なんかが答えなくても彼女のほうが恋愛や男女の悦楽というものはよくわかっておられるだろう。

「夏になれば、終わりだ」

私はつぶやき、瞬時にしてサーッと暗い影が心臓にさすのを感じた。ディズニーのピンクのような手間の甘味を知ったあとに、これを失う。失うことは確実なのである。私にはずるずるとした関係を男につづけさせる能力は、

「そんな能力はまったくない」

私は大きな声を出し、机にうつ伏した。

「ずるずるした関係」になれる。それは女としてその人が優れているからにほかならない。いけないとわかっていてもずるずるさせるほどの魅力がその人になければ「ずるずる」は維持できないのだから。はじまりもしない前から終わりにおびえる。我ながら情けないほど、あきれるほど、私は女としての魅力に自信がなかった。そしてこの自信のなさこそが男にとって魅力のないものとなる最たる原因であることも、情けないほど、あきれるほどわかっていた。しかし、どうしようもない。自信がないのだ。

ヘンゼルとグレーテルが森までの長い道のりをパンくずを落として歩き、森の奥深くまでやってきたときにはもうパンくずはなくなってしまっていたように、今日までの道のりを歩いて来て、女に手慣れた魔王の家の前までついたとき、私の手元には自信のパンはなくなっていて、走ってもどって塵《ちり》がまじっていてもいいから、ちょっとでいいからかき集

めようとしても、みんなカラスが食べてしまっている。

なにがカラスだったのか、裁判中の大西さんと過去をさんざにふりかえって検証してみたけれど、カラスの正体はわからなかった。わかったことは、カラスの正体がなんであれ、ヘンゼルとグレーテルが自分でパンをちぎっていったように、私も自分でちぎっておとしていったという事実だけだった。

「どうしたらいいのよ。どうしたら自信がつくのよ」

私はうつ伏したまま問うた。

「………」

ずいぶん長いあいだうつ伏していた。

「CDを買ってこよう」

顔をあげた。

『眠れないあなたに』『聞くだけでダイエット』『創造力』『記憶力』『胎教・すこやかな赤ちゃんのために』『聞けば集中力』『禁煙・本気でやめたいあなたに』等々、この種のCDがある。売れているという。眉に唾したくなるが、

「そう言うけど、ほんとに効くのよ。わたし、不眠症でさあ。不眠症というより、寝つきが悪かったのね。それで、いくつかその種のCDを試したんだけどだめだったの。やっぱりこんなもん、って思いかけたときによ、×××社のやつをダメもとで買ったんだけど、

これ、掃除中に試し聞きしているうちに眠たくて眠たくてたまらなくなってきて、とうとう掃除機をとめてベッドに入ったわ」

と、えりかが言ったのである。×××社というのはどこだっただろう？　睡眠に効くCDはいろんな会社のものがある。いろんな会社からこの「聞くだけでなんとか」というCDは出ているのだ。

CDのパッケージに書かれた説明書きを読みながら効きそうな会社のものを探す。アクセル社・心に効くCDシリーズ——さわやかな気分でいっぱいになる森をイメージした環境音楽をバックにあなたにウィスパーを送り、おちつかせます。ウィスパー？　whisper？　催眠術師が「あなたは眠くなる〜、眠くなる〜」みたいに「あなたは〜頭が〜はっきりする〜、はっきりする〜」って言ってくれるっての？　これ、猜疑心《さいぎしん》の強い性格の私には効かないわ。つぎ、PNA音楽舎・心の時代の音楽シリーズ——α波を促進させる音とメロディを厳選したCDシリーズです。パッヘルベルのカノンに、モーツァルトのアイネクライネナハトムジークに、ベートーベンの第九交響曲合唱付。こんなの買うことないわ。ここにあるやつ、もう持ってるもん。つぎ。つぎ。つぎ。みんな似ている。どうも信じがたい。

つぎ、ソクター音楽産業・サイコジェネシス、マインドコントロール・ミュージック・シリーズ——人間の耳には聞こえないメッセージが潜在意識に深く直接はたらきかけてサブリミナル効果をあげるようにできています。オーディオ機器もなるべく高周波成分の再生性能のよいものをお使いください。ミニコンポで充分ですが、低グレードのラジカセ等は避けてください。うむ。私の指はソクター音楽産業のCDの列でとまった。「マインドコントロール」「潜在意識」「サブリミナル」「高周波成分」、これは効きそうだ。それに商法がうまい。このCDはソクター社製の機器で聞けということか。ソフトウェアも売ってハードウェアも売ろう、と。うまい。

「きっとえりかちゃんの言っていた×××社ってソクター音楽産業だわ」

ソクター音楽産業のシリーズに「女としての自信をつける」というやつはないかと、私は探した。だが、ない。『眠り』『躍動』『瞑想』『覚醒』『くつろぎ』『ダイエット』『自信』『パワー』『ラブ』というやつだけである。

「『自信』かなあ。でも、裏に『実力発揮』もいっしょにどうぞ、と書いてあるわ。これって、商社マンとか営業マン用に『今月もあなたは売れる～』とか『企画会議はとおる～』とか『部長はこわくな～い』とか、そういうことを潜在意識にはたらきかけてくれるCDじゃないのかなあ」

では『ラブ』か。

「ラブ、ってどういうことだろう。ラブ？　ばくぜんとしててわかんないけど、ほかのやつと比べたらこれがきっと一番ちかいわ」

私は『聞くだけで……ラブ！』というCDを買った。￥２５００。『なるべくヘッドホンでしずかにお聞きください』と説明してあるので、原稿を書き、病院へ行き、原稿を書き、枕元にミニコンポを用意しておいて眠り、翌日起きたときにベッドのなかで聞いた。しずかな太鼓の音がする。太鼓と電気楽器。なんだか女の人の声のようなものも聞こえる。太鼓にあわせてハミングしているようなかんじ。そのうち太鼓の音がはげしくなってきて、男の人の声がまじり、男女の息のようなものと音楽がアップテンポになってゆく。それからまた鳥の声のようなものが聞こえ、せせらぎのような音としずかな音楽。

「だまされた——」

女としての自信なんか、ちっともついたような気がしない。それどころか気分がめいった。当然、これはセックスをイメージしたつくりだ。聴いたら原稿を１００枚書いたあとみたいで、すごく疲れた。

「このCDのなかの女の人、しあわせそうだった……」

まるで『週刊文秋』の「レディの雑誌から」のページをうっかり読んだときのような、やりきれない孤独感がおしよせてくる。クリネックスをまぶたにあてる。本来はこのCD、べつの意味でクリネックスを使わせる目的でつくられたんじゃないんだろうかと、そう思うとよけいにむなしい。CD屋に返却したいけどプラスチック・シールはがしたから返却できない、￥２５００はもどらない。しゃくにもさわる。

むしゃくしゃしながら、病院へ行き、おしめを洗って病人の身体拭《ふ》き、月末支払いをすれば¥１３８９２４、さらに気分がめいり、チッと舌打ちしつつ自動販売機にこぶし当てれば、ウインドーにばりっとヒビが。

「院内の備品を壊さないでくださいッ！」

経理事務長に怒鳴られ、ヒビ割れたひょうしに出てきたにんじんジュース20本、待合室にいる人にくばって、拝啓、ソクター音楽産業様、つぎのサイコジェネシス・シリーズは『弱々しい女になる』にしてね。『あなたは弱々しい〜、弱々しい〜』ってサブリミナルしてよ、たのむから。たのむから、霞さん、もうちょっと手間は省いてコストダウンして。仕事はともかく病人のせわをしなけりゃならない者は、とにかく時間の制約があるんだから。おさっししてよ……、といったって、病人のせわをしないですむ人には、すまない人のことはおさっしできないよね、そうだよね、しかたないよね、そんなこと。

病院からもどって、朝日新聞を読んだ。

＊

「わたしさえいなければ娘がしあわせになれる」。脳こうそくで左半身が不自由な大阪府の中川チヨさん（六八）は十二日、睡眠薬を飲んで自殺を図った。翌十三日は、介護してくれるひとり娘のまどかさん（三三）の誕生日。「そのプレゼントにと思って」とチヨさんはいう。救急車で運ばれ、無事だった。

「あなたは若いし、独身やしね。ギリギリまでがんばってください」。市役所の福祉相談員に言われた。まどかさんは去年からストレスによる過食で一五キロ太った。生理も九カ月止まった。吐血して入院したこともある。公的福祉サービスはあっても、各人の都合にあわせられない。

チヨさんは〝まだらぼけ〟で、はっきりしているときもあれば、まったく現実がわかっていないときもある。一晩中、つえで壁をカンカンたたかれた。「いいかげんにして！」。まどかさんは思わず母の顔をたたき、後悔して抱きしめて泣いた。母はのんきな性格の人だった。早くに亡くなった父は「ゆめんちゃん（夢見る人）」と母を呼んでいた。「ゆめんちゃんを頼む」。父の末期のことばが、「しっかりしなくちゃ」と思わせてきた。友達は留学したり、結婚して子供がいたりする。娘らしい楽しみがないまま三十代になった。

結婚話は五度こわれた。お見合いが二回、恋愛が三回。式場まで決まっていたのに、「やっぱりトラブル（チヨさんの介護）のない女の人のほうがいい」と彼の母親に忠告されて婚約を破棄した男性もいた。別の男性は彼の母親とまどかさんの間で、「ぼく、どないしたらええの」とゆれた。まどかさんが頰をひっぱたくと「いたーい！」と泣いて座り込んだ。

「結婚への焦りがあったのは確か。すごく惚れてたわけじゃなかったから壊れてよかったと今は思う。本当に惚れた男といっしょになりたい。でないと相手が倒れた時に後悔します。好きでもない男のおむつは換えられない」とまどかさんは記者に語った。テーブルに、まどかさんの成人式の赤い振り袖姿の写真があった。娘の横でチヨさんは、「この子は判断力もあって、立派な男の子に育ちました」といった。

「みなさんにお願いがあります。介護をしている家にも遠慮しないで遊びにきてください。電話してください。出かけられないさびしさの中でおしゃべりはうれしいプレゼントです」。そう書いてくださいとまどかさんは記者にいった。　　　　文中仮名

＊

朝日新聞をたたむと、並ではない量のクリネックスを私は使った。比較して我が身をらくに思うのはほんとうはいけないことだけれど、そんなのは根本的な解決にならなくて、むしろ卑怯《ひきょう》なことかもしれないけれど、大阪府のまどかさんにくらべたら、私の手の赤ぎれなど羽がこすったくらいの、そんなもの。

「重いー！」

そう言って、私と会うのは自分の恋人に対する裏切りになる、彼女に悪い、と言った男の知人が以前いた。その日、私は自分の卵巣に障害のあることを知り、「叔父なる人」は病院で暴れ、疲れて道を歩いていて、そこで偶然、その知人と会った。彼は私の顔色の悪

いのを気づかって部屋まで送ってきてくれた。私はありがたく、その親切さについ弱音を吐いた。すると彼は「重い」と言って苦笑いをした。「あなたとはセックスできない。救済をぼくに求められているようで」と。

私は彼に、私と彼との関係を越えてしまうような大きなものを望んだわけではない。ひとときいっしょにいてくれたらそれでよかった。羽ほどの、ほんの小さな望みのつもりだった。羽を拾ってそっとどこかに捨てることさえできぬほど、男というのは非力なものなのだろうか。

「そうじゃないんだ。裏切りなんておおげさなことばをそいつが使ったのは、彼女への誠意じゃなくて、自分が崩壊していくであろう恐怖が〝裏切り〟というおおげさなことばになったんだよ」

裁判中の大西さんと鰯《いわし》を食べていたとき、言われた。星野(夫)もそういえばこの前おなじことを言った。大西さんは寡黙《かもく》な人だったが、いろんなことを教えてくれた。

「果ては自分が崩壊すると、そいつはそいつで思ったんだよ。あんたの環境とはちがう、そいつなりの環境で。彼女への裏切りじゃなく自分への裏切りなんだ。きょくたんに言えば、そいつには自己保身しかなかったんだよ、そのときは。人には人の、それぞれの時間が流れて環境をつくっているんだから」

大西さんは鰯を食べながらつづけ、

「自己愛は自己保身と似てるけど、ちょっとちがう」

いつも俯瞰《ふかん》している人間と自己愛の強い人間は一見、とても似ているのだと言った。

「自己愛っていうのはなあ、だれだってあるんだけどなあ、わざわざ自己愛というほどのやつは……」

恥ずかしがらないやつだよ。そういうやつとヤれ、と大西さんは、さいごに会ったときに言った。

*

「あ、花、買ったげようか」

恥ずかしがらずに霞　雅樹は銀座の街路で立ち止まった。私たちは銀座で食事をしたあと道を歩いていた。

「花？」

見れば、小さなワゴンに乗せた花を売る老婦人が道のかたわらにいるではないか。

「きみには花を持っていてほしい。ことばのナイフではなく」

霞が言う。老婦人がほほえむ。私は頬から喉から鎖骨から、火が出る、噴火だ、ゴジラ、ゴジラ。

「なにが好き？」

霞は私に好きな花の種類を訊く。

「このピンクの百合《ゆり》はなんていう花なの？」

花売りには花の名前を訊く。

「これかい？　コネチカットキングさね」

花売りは答える。コネチカットキング。花ことば＝隠された気持ち。

花ことばには、私、強いんである。なんでかというと、アッシュ小説のほかに実用書もやっているからである。実用書に『花ことばをいかしたフラワーアレンジメント』というのがあった。洋風生け花というか、きれいに生けたり花束にしたりする方法をフラワーデザイナーの先生が書いて、写真があって、その横には花ことばと、花ことばにちなんだ神話や映画や絵画などを「おしゃれにエピソードふうに紹介する」ような文章が要る。そこの部分を担当したのだ。「アネモネ」ならばアドニス少年の話を紹介できもする。「やまぶき」ならば太田道灌の話を紹介できもする。しかし、花ことばがない花だってあるのだ。品種改良でできた新しい花や一般的にでまわっていない花。こんな花には花ことばがないし、紹介する神話も絵画もない。コネチカットキングがそうだった。図鑑を調べても百科事典を調べても花の特徴や○○目、○○科ばかりくわしくて、花ことばはもちろん、エピソードなんか載っていない。ノルマは花83種類ぶんのエピソード。うち82個をやっつけた最後のひとつがこのコネチカットキング。さきの82個ぶんについても実用書制作会社はごたごたごたごたと注文や文句をつけてくる。「ちょっと子供っぽいエピソードにすぎませんか」「もうすこしロマンチックなエピソードを」「この花の場合は写真の都合上、あるていど情熱的に」。何個ぶんも書き直させ、また文句をつける。くそっめんどくせえな、人の気も知らないで、と、コネチカットキングはとうとう私が勝手に「隠された気持ち」にしてやったのだ。「色彩明度の高い花ですが、その花びらの根もとが透けていることからついた花ことば。鮮やかな色の陰に隠された気持ちはいったいどんなものなのでしょう」とほとんどなぐり書きしたようなものだったが、その二年後、本屋で、自分がやったのとはちがう『花ことばと誕生日のプレゼント』という実用書を見つけたのでコネチカットキングのページを調べたら、驚いたことに「花ことば＝隠された気持ち」と私の作案したのが通ってしまっていた。そういうコネチカットキングである。

「コネチカットキングか。この花よりはこっちをきみには持っていてほしい」

霞は真っ赤な薔薇を指した。

「いいえ、花はいいです」

私が手を横にふると、

「ちょっとー、彼女ぉ、なんでそういうこと言うのよ。せっかく買ってくれるって彼氏が言っててくれんのにさあ」

花売りが私の背中をたたいた。

「ああっ、じゃあ、じゃあ、じゃあね、こっち。これにしましょう」

黄色いほうの薔薇を取った。

「これの花ことばは〝あなたが大嫌い〟と〝ジェラシー〟です」

私が言うと、花売りはまた私の背中をたたく。

「きれいな顔してよくまあ、きついこと言うよね、あんた。そんなふうだと嫌われちゃうよ」

嫌われちゃうよ、と言われても、きれいな顔して、と言われたことのほうがはるかにうれしくて、私はめまいがする。

「あんな二枚目に花買ってもらったら、ふつうはにこにこするもんだよ。あたしも銀座で花売ってて長いけど、男が二枚目だと女がブスで、女が美人だと男がぶさいく。まあ、ほとんどがぶさいく同士だけどさ、はっはっはっは。あんたらみたいなふたりして背の高い美男美女の組み合わせはめずらしいよ」

もっとめまいがする。私は赤いほうの薔薇（花ことば＝愛してます）を100本くらいこの花売りに買ってあげたかったが、足音もなくすーっと霞が先を歩きはじめたので追いかけた。信号が道路のまんなかで赤になり、ほかの人は渡りきり、中央分離帯に私たちだけがたちどまった。

「……あなたが大嫌い、か」

黄色い薔薇を一本持った私の手首を霞は摑み、口を塞《ふさ》いだ。霞の鞄がごとりと分離帯のコンクリートの上に落ち、薔薇が一本ぱしゃと落ち、アセテート繊維のつるつるした霞のシャツの背中の部分の感触が私のてのひらに伝わり、体温が伝わり、強い腋の下の匂いが鼻孔に注入され、私の背骨が霞の腕でうしろに反らされた。

タクシーのなかで、霞は黄色い薔薇を私の鞄の金具にさしこんで固定した。

「今日はカラオケには行かないよ」

ホテルに行った。

*

「そうか。それはよかった。おれはもうすぐ出られる」

大西さんからのはがきは、はがきも寡黙だった。私が出した手紙への返事である。

刑務所に宛てる手紙が、検閲されるのかされないのか、むかしはされたそうだが今はどうなっているのかよくわからなくて、長々とは書けない……というのはていのいい、自分に対する嘘で、大西さんがもしこんな所に入っててくれなきゃ、会って、やっとの成就を報告できたのに、あんなことに関することを刑務所にいる人への手紙に具体的に書くわけにはいかなくて、つまりその、悪いじゃないですか、彼は禁欲生活中なのに。私が『週刊文秋』の「レディの雑誌から」のページになってしまう。それにやっぱりああいうことを手紙に、というのは、ちょっとその、というわけで、「お元気ですか。長年の懸案事項はやっと遂行できました。しかしながら、ちっともおぼえてないんです」

と、なんだか暗号のようなことを書いてしまった。

「嘘だ、おぼえていないなんて、とおっしゃるかもしれませんが、私が大西さんには嘘がつけない人間であることを、大西さんが一番よく知っていると思います。でも、ほんとうにおぼえていないんです。例のものは前に言ったとおりドライバーで処理して除去していますし、となると、一般的な塩梅ではなくなってきますから、例のものに関することだけをソレとしますと、ソレについて相手から質問されたときにも私だってなんと説明すればいいのか困るわけです」

これではもし検閲されていたとしたら、盗んだブツの隠し金庫かなにかのことを書いてるみたいで大西さんに迷惑をかけたかもしれない。

「もちろん、頭のなかは真っ白だった、などというような卑怯で陳腐な言いかたはしません。例のものが除去されていても痛くないということはなく、さりとて例のものが除去されていない場合に多くの場合生じる現象というものはなく、技術や体勢についての知識は平均以上に、過ぎるくらいに所有しているものですから、その知識を活用しようとするのですが、ライブですと計算された起承転結で進行しないのでパニックになるし、自分の書いたものは書きおわるとほとんどおぼえていないので活用がうまくできず、どのようにおこなうべきかを相手に質問するのも自分の年齢を考慮いたしますと、しらじらしく聞こえるように思い、とるべき行動を必死で考えているうちに相手は行動をつづけるし、心配ばかりしてるから苦痛でした。そういうわけで光景を整理して記憶するということができなかったのです。これでは『週刊文秋』に投書もできません。

私はとにかく、とにかく自分に自信がなくて、相手が裸を見てがっかりして不可能になってしまうのではないかと、それぱっかりが気になるのです。とにかくそれだけが気になって心配で、相手が心のなかで私に舌打ちをしてるのではないかと、そのことばかりがとにかく気になってしょんぼりしてしまいます。自分が書いてきた二次元のなかの人間はよく相手に「あげる」だなどと、根底に自己に対するゆるぎない自信のあることを言っていますが、自分で書いておきながら、書いているとき、ハラがたってしかたがありませんでした。こういう過度な自己卑下は病的ともいえ、そのために神さまが大西さんにめぐりあわせてくださったのだと思うし、大西さんからほんとうに私はあたたかい学びを得ました。はやくおつとめを果して、社会に復帰し、大西さんのスケールの大きさをいかせるような生活につかれますよう、心からお祈りしております」

私が出した手紙は支離滅裂で、こんなものをよく大西さんは解読できたものだ。ワープロのフロッピイに残っていた彼への手紙を私は「削除」キイで消した。

それからあらためて、大西のはがきを見た。「おれはもうすぐ出られる」のあとには、「左脳ばかり使っていると、はやくボケるぞ、女は右脳でも考えている人が多いと、こないだ読んだ脳の本に書いてあった。すこしは右脳も使ったらどうだ」と書いてある。右脳は情緒や愛情の脳である。女の人はこっちも発達してるって？　いやだなあ、私、脳の構造からして女としての能力が欠如していて、それで情愛が深くないのかなあ。

「情愛。情愛あふるる……」

霞には情愛あふるる手紙を書くことにした。きぬぎぬの文を書くのは万博後はレディのたしなみ。

「自信を持って。恥ずかしがらずに。自信を持って。恥ずかしがらずに。自信を持って。恥ずかしがらずにフランス式に書くのよ、さびしい、とか、ゆれうごく、とか、ざわめく、とか、猫の写真集を見ていたところです、とか、ひさしぶりにサリンジャーを読み返しました、とか、きまぐれ、とか、いろいろあるでしょうが」

和紙と墨と筆を取り出して考える。

うらうらに照れる春日に雲雀《ひばり》あがり
情悲《なさけ》しもひとりしおもえば

これは避けるべきだな。叙景描写は明るいけど内実はクラいもん。色気もないし。

世のつねのこととともさらに思ほえず
　はじめてものを思う朝《あした》は

流麗だけど……。これはイクってのが理解できてる人の和歌だよなあ。もっと軽いのどごしで、茶目っ気があって、それでいてちゃんと恋歌になっているものじゃないと。
「まこと雅びの文というのは難しいものよ」
手も顔も墨だらけになってしまったが、夜も明けるころ、やっと決まった。

音にきくたかしの浜のあだ波は
　かけじや袖の濡れもこそすれ

このごにおよんでナンなのよ、って歌だけど、ま、このごにおよびながらもこう歌われればフランス式の自尊心をくすぐるだろう。私はきぬぎぬの文を投函《とうかん》した。三日後、霞からFAXがきた。

「短い手紙でしたが、心がざわめきました。ものすごく美しい文字が便箋《びんせん》の上でかがやいているようでした。ぼくは返歌は作れませんが、力石さんは今お書きになっているような小説を書くべき人ではないと思いました」

「…………」

私は霞からのFAXをやぶった。霞さん、どうして、こんなことを書くの?!

「字なんか、字なんかほめてくれなくていいッ!」

第九章　いっぱいキスしよう

ダイアモンドのような人なのだ。銀座ミキモトの歯で、ダイアモンドのような人なのだ。霞　雅樹はダイアモンドのような人で、それであんなふうに書いたり言ったりするのだ。そう私は思った。気どってるのではなくて、すなおに心がフランス式なのだ。

「O Diamond, Diamond」

偉大なる物理学者のように、私は霞から来たファックスをなで、私のダイアモンド、とくりかえした。

えりかから電話がかかった。

「理気子ちゃん、どうもねー、うちのはねえ、浮気をしているみたいなの」

私は電話のこちら側でえりかには聞こえぬように深呼吸をした。

「そんな気配ない？　担当でしょ？」

「だって、書籍局の担当なんてめったに会わないもん。雑誌局の人は電話とＦＡＸだしさ」

「そうだけど、こないだ会わなかった？」

「会ったわよ。だから次に会うのは来年じゃない？」

「理気子ちゃん、こないだ会って、気がつかなかった？　女の影」

「だって、いつも星野さんと私は〝ここで女にオナニーさせよう〟とか〝ここで女にバイブを使って、鞭とさるぐつわはあとの章にまわしたほうがいいんじゃないかな〟とか話しあってるんだよ、女の影って……。そんな〝影〟なんてやさしげな次元のもんには注意がいかなくて」

「そうだけどさ、わたしは気配をかんじるんだもん」

気配がするとえりかが言うのは、たぶん気配などというあいまいなものではないのだ。夫婦間や恋人間の悩み相談を受けやすい人というのがいて、この前の名古屋市のU・Oさんのような読者からの相談しかり、学生のころより私はなぜかこの種の相談をされる。されているうちにデータが蓄積されて、相談者が「浮気の気配がする」と言うとき、それは当たっているのだ。「カン」がすぐれていることによるのではなく、被疑者のほうが「そりゃ、ばれるのあたりまえ」に無防備だからである。

「このあいだね、箱根に行ったの。箱根彫刻の森美術館。一泊したのよ。ひさしぶりにね。旅館じゃなくてホテルだったから、ゆっくり食事したあとは部屋でごろごろしてたの。そしたら十二時ごろに、あの人が部屋を出たのね。どこ行くの、って訊いたら、たばこ買ってくる、ってさ。だって、たばこはサイドテーブルに二個も置いてあるのよ」

あちゃー。星野さん、あなたはザ・ベスト・オブ・無防備です。

「あれは女に電話をかけに行ったんだわ。夜の十二時ってのが、だいたい色恋めいてるものね」

「箱根までも電車でえりかちゃんといっしょだし、彫刻の森でもいっしょだし、ホテルの食事のときもいっしょだし、ちょっとひとりになりたかったんじゃないの？　でも、そう言うとえりかちゃんが微妙に気を悪くするかな、ってそれで、たばこ買いに行く、ってってきとうに言ったのよ」

リアリティのあるフォローになったと思ったのだが、

「なに言ってるの。電車のなかでは〝べつべつに乗ろうよ、おれ、たばこ吸いたいから〟って、わたしは禁煙車両だったし、ホテルの食事のあとはちょっと散歩してくる、ひとりになりたい、ってどっか行ってたのよ」

あちゃー。星野さん、あなたはザ・キング・オブ・無防備です。

「それにさ、昨日は帰ってきて〝あー、疲れた〟ってズボンのポケットからじゃらじゃらって鍵とか小銭とかぜーんぶ出して、リビングの机の上にほったらかしにして、すぐ寝たの。私、ココア飲もうと思ったから邪魔じゃないの。どかそうとしたら、五枚もフェアーモント・ホテルの喫茶室の領収書があったのよ。しかもメンソールの軽い煙草の空き箱も」

あちゃー。星野さん、あなたはザ・教皇・オブ・無防備です。

「うちあわせじゃないの？　それに撮影とか」

「フランス書林文庫がどんな文庫か、いくらなんでも知ってるわよ。字ばっかりの文庫じゃないの。撮影なんかないわよ。理気子ちゃん、撮影することなんかある？」

「書いてる人でホテルの描写をしたいから参考に入ってみたい、っていう人がいるんじゃない？」

「みんながみんなフェアーモント・ホテルを参考にしたがってるの？」

「近いんじゃない？　会社から」

「九段でしょ、フェアーモント・ホテルって。フランス書林からはすごい不便なとこじゃないの」

「書き手のほうの住まいがそこに便利だったんじゃない？」

「フェアーモント・ホテルに近い住まいの作家が五人もいるの？」

「同じ人が、一回見ただけじゃおぼえきれなくて五回、行ったんじゃない？」

「ひとりで見にいけばいいじゃない。いちいちフェアーモント・ホテルからは不便なところにある出版社の編集者といっしょに行かなくても」

「フェアーモント・ホテルの喫茶室でお茶を飲むと本が売れるジンクスがあるのよ。きっとそうだわ。作家の人でそういうジンクスかつぐ人、けっこういるのよ」

「いいえ、そんなことで女と男がフェアーモント・ホテルの喫茶室でお茶を五回も飲まないわ」

「女と男ってなんでわかるの。男の作家と行ったのかもしれないじゃないの」

「いいえ。フェアーモント・ホテルの喫茶室の領収書は〈男1　女1〉ってちゃんとコンピューター打ちしてあるの」

「女って、子供かもしれないし老女かもしれないじゃないの。103歳の女流作家かもしれないわ」

「フランス書林文庫で書いてる女の作家は理気子ちゃんだけだって、うちのが言ってたもん」

「じゃ、じゃあ、それ、私よ。私が行ったんだったわ。私、星野さんとフェアーモント・ホテルでお茶飲んだの」

「部屋にも入ったのね。部屋を利用した領収書もあるのよ。〈男1　女1〉の領収書と同じ日付のが」

あちゃー。星野さん、あなたはヘンリー八世以降のイギリス国王・オブ・無防備です。

「理気子ちゃん、部屋にも入ったわけね」

「ええ。小説に出てくるのはたいていツインでしょ。ツインの部屋のインテリアのかげんを描写したくて。窓が小さいのが都会では落ちつく部屋だったわあ」

「フェアーモント・ホテルの部屋の窓はとても大きいわ」

「私の入った部屋は小さかったのよ。九段なんて都心だから窓が大きいと落ちつかないじゃない」

「フェアーモント・ホテルのツインはみんな千鳥が淵に面していて景色がきれいなんだから窓は大きいのがウリなのよ」

「そ、そうだったわ。カーテンの閉めぐあいで小さいように感じたんだわ。なんにしてもきれいなホテルじゃない」

「そうお？　古いから壁紙とかも古くて、音楽かけようとしてもサイドテーブルにセットされたやつじゃなくて、ふつうのコードのついためざましラジオみたいなのがあってダサくて、バスルームもツインにしてはせまいわ。隣の部屋との壁も薄くていやだわ」

　私は気がねせず、おもむろに深呼吸をした。

「えりかちゃん」

「え？」

「えりかちゃんはフェアーモント・ホテルに最近、行ったの？」

「まあね。理気子ちゃんは行ってないでしょ。星野と行ったのは理気子ちゃんじゃないことくらいわかるわよ」

　えりかは六つ年下のボーイフレンドができたのだそうだ。

「年下なのに年上みたいにふるまうの。みんな支払いをしたがるの。わたしに〝きみは財布を持ってこなくていいんだ〟って。そんなに豪華なことをしてくれるわけじゃない。飲みに行くとこだって『天狗』だし、フェアーモント・ホテルだって一回くらいはってふんぱつしてくれただけだけど、そんなのどうでもいいの。リッチな場所なんかに行かなくたって、年下だからってみんな支払いをさせようとせずに、それどころか男だからって自分がやりたがるのが、その気持ちがものすごーくうれしいの。いっしょにいると気があって、話がはずんでたのしいから『天狗』にいようがマックでハンバーガー買って公園で食べるだけですごくたのしいの。ラグビーやってたからタフなの。三回のときもあるの。ラブホテルでもふつうのホテルでも、愛しあってれば関係ないわ。いまどきのラブホテルって、たいてい簡素で清潔で入りやすく出やすくなってるのよ。部屋のなかも陰気じゃないわ」

「そうね」

「あら、やっと霞さんと行ったの？」

えりかのデータ判断。

「行きました」

ご想像におまかせしますわ、という答え方ができる人もいるのだろうが、私はできない。グレーにしておくことが、なにか卑怯なかんじがするのだ。星野が無防備なのも、もしかしたらおなじベクトルの方向にある心理なのかもしれない。とりつくろい、完璧に隠さんとする行為は、なにか己の側にあるぐじゅぐじゅぐじゅした感情を象徴しているようで、無意識のうちに無防備になることで、ぐじゅぐじゅ度をうすめるような心理。

「うらやましい。あんな美形と。理気子ちゃん、あの人とよくキスできるわね。わたしだったらあんな美形にキスされたらもう岩になっちゃって身体が動かなくなるわ」

「……話はあまりはずまないけど」

「話がはずまない？　インテリでしょ、あの人」

「フランス式で……」

「フランス式？　いいじゃない。上手？」

この電話をもし、えりかを知らない人間が盗聴していたとしたら、盗聴者はえりかのことを下世話な女だと感じるかもしれない。だが、私はえりかを知っているからそうは感じない。えりかにもまた、〝ねえ、それで？　それでどうだったの？　そのさあ、ほら、あの、アッチのほうは？〟といったぐあいにグレーに質問することのほうがかえって下世話だと感じる心理があって、あえてダイレクトに訊くのだ。

「ワンセット10ゲームだからまだ審判してはいけないと思う。おたがい……」

「10ゲーム？　テニスみたいなこと言うのね。10ゲームなんか恋のはじめは三週間でクリアーしちゃうじゃない」

「そうなの？」

「そうよ」

「そうかなあ」

「フランス式は行動がのろいのかもね」

「そうね。手間が好きで小売店でお菓子を買うのが好きみたい。スーパーマーケットじゃなくて」

「なに、それ？」

「いいえ、べつに」

「でも、恋のしはじめで話があわないというのはおかしいわね。会ってて楽しくないの？」

「たのしい。たのしいけど心配ばかりして」

大西さんへの手紙そのままではなく、その50パーセントくらいに相当する、自分の心配を、えりかに話した。話してしまった。心配で心配でならない。

「へんなの。そんなことを心配するなんて。じゃ、なに、ヤってるさいちゅうに、自分の身体がみにくいのではないかと考えてしまうっていうの？」

「考える。みにくい、というか、なんていうのかなあ。彼の不運が自分のせいのような気がするの。もっと男の人が好むような外見に生まれついた女の人とめぐりあえれば、もっとこの人は幸せだっただろうにって。私の相手なんかして、彼は不運だったような気がしてしまう」

「なんでそんなふうに考えるのかなあ」

えりかがおもむろに深呼吸をした。

「よくあのさいちゅうにそんな複雑なことが考えられるわね。じゃあさ、いくら二枚目だからって霞さんだって完全無欠の外見じゃないでしょ。理気子ちゃんは、霞さんの外見の欠点が気になる？」

「気にならない」

「そうでしょう。わたしだって、その年下の男の子のあばたがエクボには見えないわよ。背の高い子だけど、脚は短いの。いくら大好きだからって短い脚が長いようには見えないの。でも、そんなことはまったく気にならないのが大好きだってことじゃないの？」

つまり、私は自分の外見を気に病んでいるのではなく、自分の外見に注意が向いてしまうほど精神状態に余裕があるのだと、えりかは言った。

「大好きで大好きで大好きだったらそんなこと考えてる暇ないわよ。彼のこと、好きじゃないの？　彼のどこがいちばん好き？」

「歯」

「歯？」

「それに髪形」

「なかみは?」

「ダイアモンドのような人だと思う」

「ダイアモンド? ああ、あのダイアモンドの話ね。理気子ちゃんが大好きな」

「うん。大好き」

「だったらさ、もっと自信を持って霞さんと抱き合うのよ。自信がでるCDを聴くべきだわ。前にも推薦したでしょ、ソクター音楽産業のやつ」

「買ったよ……」

「それを毎日聴くのよ。一日最低30回は〝わたしはかがやくように美しい〟と口に出して唱《とな》えるのよ」

「思えないもん。大きいしかがやいてないし」

「思えなくても、そう唱えるのよ。お経のように唱えるの」

紙に自分の外見のいいところを書き出して、それを朝・昼・晩と大きな声をだして20回ずつ読み上げろと、えりかは言った。

「どこ?」

「どこって、自分で考えるのよ」

「丈夫だ」

「そうそう、それでいいのよ。そういうふうに自分の外見のいいところをリストアップしなさいよ。習うより慣れろ、なのよ。理気子ちゃんはそりゃ、やり慣れてないからそんなに不安になるのよ。もっとやり慣れれば、そんな瑣末《さまつ》な不安もなくなるわよ」

それから、えりかは六つ年下のボーイフレンドとのできごとを話してくれた。とてもたのしそうだった。

電話のあと、

「いいところか……」

あと三日残っている四月のカレンダーをやぶり、裏にマジックで、

「○丈夫だ」

まず、書いた。それから剣道と合気道と空手と書道の各段を書いた。

「○枝毛がない」

書いた。それから、○虫歯がない　○回虫がいない　○胃下垂ではない　○牛乳と青い魚でアレルギーはでない　○色神異常なし
「なんだかこんなの、女としての自信の項目とはちがうような気がする」

マジックの蓋《ふた》を閉め、二時間、じーっと床にすわって案を出していた。自分の外見のいいところを思いつくのにこんなに時間がかかるとは。ますます自信がなくなりかけたとき、

「そうだわっ。○ウエスト58」

これを思いついたのでスキップしようとして立ち上がったら立ちくらみがした。

「こんなこと、読み上げてどうなるというのかしら」

外見といっても、それは、いわゆる外見という問題なのではなくて、外見のもうすこし奥にあって、でも内面とはちがう、表皮《ひょうひ》と血肉《けつにく》の間にある真皮《しんぴ》のへんの部分、このあたりの部分と内面が刃向《はむか》いあっている。ここに私の自信喪失の原因はあるのであって、両者の喧嘩が終わらぬかぎり、解決にはならないと思う。

「ではどうすれば解決するのでしょう？」

それがわからないから心配して苦痛になってくるんである。霞に会いたい。

「会いたい」

そう思った。

＊

麻婆豆腐と肉片鍋炒は、またもほとんど手つかずのまま、ふたりのあいだで冷めている。

午後一時四十分。神保町。中華料理『新世界』。今日はもう会社にもどらなくていいからずっとデートしよう、という電話を朝に受け、それで私はここにいる。なにも食べず、ミルクだけを飲んでここに来た。車中で空腹を感じたはずであるのに、こうしてすわると食欲がまるでない。

「力石さん、すこし声がかすれてるね」

「連休中、オーバーワークだったから。疲れると熱が出ないで声がかすれるの。でも、もうなおったわ。昨日はたくさん寝たから」

「そう。よかった」

私のことをみょうじで呼ぶ霞を、私は好きだと思った。セックスをしても力石さんと呼ばれることはロマンチックである。その最中も。

「力石さん、連休中、会えなくてごめんね」

霞は言った。なぜあやまられるのかよくわからない。今年の連休ほどしあわせだった連休はなかった。学生時代から書く仕事をしてきた私は、連休というのはいつも「原稿をいっぱい書かなくてはならない日」であった。同時に、病院の人手も不足するので「病人のせわをする日」であり、連休や日曜・祭日に雨がふると、休んでいる人の落胆を想像して「けっけっけ、ざまーみろ！」とハロウィンのカボチャ・ランプのような顔で笑ういやな性格になってしまっていた。それなのに、今年の連休は、霞は家人サービスをしなくてはならないだろうから、電話がかかってくるかもしれないとハラハラすることもなく、仕事をあげたら会える、と仕事をてきぱき進められた、ひさびさの「わびしくない連休」だった。

「ちっとも。そんなこと気にしなくていいのに」

私がいちばんいやなことは、はっきりしないことだ。「もしかしたら来週のあたまくらいに会えるかも」といったような状態。恋愛にかぎらない。白でもなく黒でもなく灰色。灰色になると、私は極度にいらいらして、あまりにいらいらするので胃痙攣《いけいれん》をおこすことさえあるほどである。

「連休中だってね、会える時間もあったのだけれど、約束はできなかったから、それで……」

灰色が好きな人は、約束しておいてやぶることになるのがいやなんだろう。しかし、世の中に、そんなに約束が在《あ》るだろうか。約束と人が呼ぶもののほとんどは「予定」である。予定は未定であって絶対ではない。予定しておいて、遂行が不可能になったら変更すればいい。変更した、ということではっきりする。それでいい。その時点で答えを明確に出せなければ、その時点で出ているところまで返事をしてくれればいい。今はまだはっきりしませんということではっきりする。数学のテストだって、式のとちゅうまでできていたら6点問題は3点もらえたではないか。

「でも、連休中、ずっと……、同居人といっしょにいなくてはならない義務はなかったんだし、会ってもよかったのかもしれないけれども、ぼくのなかには契約書に判を押しているということとの義務と、そういった契約とはちがう次元での、いわば、手垢《てあか》のついたことばかもしれないけれども、ヒューマニズムの見地から、妊婦にたいしていたわってやらねばならないという思いとが交錯して、きみと会うということは、もうひとりの女に対する裏切りだっていうことになる。それはわかるでしょう?」

「いいえ」

「え」

「わかりません。私はどうしてもチョコレートとエルメスのスカーフをいっしょにはできないの。用途のことなるものなのに。奥さんへの感情と私への感情をなぜ同じ次元で考えられるの? 霞さんはカレンダーの赤い数字の日は奥さんといっしょにいる義務があると思います。いっしょにいなくてはいけないと思います。いっしょにいなさい」

「それではきみは、ずいぶんと都合のいい女になってしまわない?」

「だって、私にとって霞さんも都合のいい男ですよ」

いつもほとんど食べないのだから、なにもこんな『新世界飯店』で悠長に昼食をとらなくてもさっさとヤってくれ。そんなに長くはつづかぬ、森の向こうには虹の橋などないことはよくわかっているのだから。長くはつづかぬならばはやく10ゲームしてワンセットは終了しようよ。でないと「止まれ見よ」みたいでそわそわしてくる。「止まれ見よ」って交通標語があるじゃない? あれ語呂が悪いでしょ? 「止まれ見よ、横断歩道わたるとき」とか「止まれ見よ、あなたとわたしの交通安全」とか、こんなふうにつづけてくれないとすわりが悪い。もうコートに出たんだから、もたもたしてるのは「止まれ見よ」みたいで落ちつかないよー。

「そんなふうにドライを演じるのは、やがて自分自身を苦しめることになると思う」

「演じているわけではないし、都合がいい女だと霞さんが私のことを感じるのがドライだとも思わないけど」

「そんなに人間の感情はドライに白と黒がはっきり区別できるものじゃないでしょ。やがて苦しむであろうきみを思うとぼくはつらくなる」

「苦しくならないかもしれないじゃない？　ならなかったらもうけものだと思うけどな」

霞の言うように、やがて自分自身が苦しくなるというのなら、それでよい。よい、というよりそれしかないのだ。苦しくなるような原因を選択したのは私という個人であり、苦しくなったら苦しみも受けるのが、それが自由ということだ。自由はつらいよ、サルトル。でも御著書によると人間には自由しかないんだったよね。

「苦しくなる。きっと力石さんは……」

霞が、苦悩した顔、という顔をする。それは彼の顔のデザインに似合っている。

「霞さんはほんとにダイアモンドのような人ね」

「そんなにピュアで強くはないよ、ぼくは、フ」

「いや、そのダイアモンドじゃなくて……」

「ダイアモンドの原石を見たことがある？」

ダイアモンドの話に話題は変わってしまった。

「ううん」

「ひところね、ぼくはある女とよくダイアモンドやサファイアの原石を陳列してある美術館に行った。まだ磨かれてはいない、小さく区切られた箱に入った石は、自分たちがやがてまばゆくかがやくことも知らず、静かに陳列されていて、いとしく、その感情とぼくのかたわらにいる女への感情を同一のものとし、ぼくは彼女と恋におちたが、それも過去の一ページとなった……」

また霞は、苦悩した表情、といった表情をし、フ、と息を洩らす。ほかの女の話をすることが、このような場において騎士道精神からすると最低の無礼に相当することとは、彼は考えないのだろう。ダイアモンドのような人なのだもの。

（それとも……）

それとも、ここで私が「んもう、ほかの女の子の話なんかして」と口をとがらせれば、ただそれだけでことはすべて丸くおさまるのかもしれない。口をとがらせてみようとしてとがらせるのではなく、とがらせてしまえるかわいさがあれば。そのかわいらしさこそ、私の呼ぶところの自信である。かわいらしさというものは、自信なくして所有できぬものだと思う。小さな犬、赤ん坊、猫、携帯用文房具セット、ビキニのパンティ、22・5の靴……。小さいものをかわいいと思うようにヒトは脳にそう蓄積して長い歴史を現在まで生きてきた。人類の歴史の流れに沿った自信があってこその「んもう、ほかの女の子の話なんかして」なのだ。

「力石さんは『嵐が丘』をおぼえてる？」

霞はつづけて『嵐が丘』でエミリー・ブロンテがなにを描かんとしたのかについて「。」のない手法で、えんえん、えんえん、えんえんと話した。ああ、ぼくは現代に生きるヒースクリフ、あてどない愛を永遠にもとめてさまよう死者の霊魂なのだ、と思ってしゃべっているような顔に、私は、いままで自分が経験したことのない性的な興奮をおぼえた。この顔を傷つけたい、といったような興奮である。ピンポン玉大のボールに革のベルトのついた口枷具。フランス書林文庫は字ばかりだが、他のアッシュ雑誌のグラビアページでよく見る口枷具。この口枷具をはめさせて、手足を縛りつけて、頬やこめかみをつつつーとかみそりで切ったりすると、痛くて、また「苦悩する表情という表情」を、この男はしてくれるにちがいない、と思い、興奮するのである。

（ああ、私ったらなんてことを……。なんてステレオ・タイプな光景を思い描いてしまうのだろう。典型的な商業主義的光景を思い描くようになったなんて。これでは「やっぱりSF大賞で出てきた売文野郎だなフフン」と純文の人をおおよろこびさせてしまうわ。あ、女だから売文野郎じゃなくて、売文女郎か）

我が身の平凡さを嘆きながらも、私は霞の顔を鑑賞しつつ、中国茶を飲み、また鑑賞をつづける。

今日まで、マゾッホ&サド愛好者向きの雑誌やビデオはなぜいつもおなじなのかふしぎだった。マゾッホ側の男はかならず「牡豚《おす》」と呼ばれて、相手の女のことを「女王様」と呼ぶ。その「女王様」は女王なのに宮廷のことばづかいをせずに「おいっ」とか「〜だろっ」とか、まるではしためのようなことばづかいをして、冠《かんむり》もかぶらず、黒い水着のような服を着ている。性の嗜好にいびつなものを持つ者をヘンタイと呼ぶならば、紫式部からノーマン・メイラーにいたるまで、いたってからも、人類は性愛をこれほど長きにわたり追求してきてまだ作業終了しておらぬのだから、ヘンタイだってそんな簡単なものではないはず。この思いを、フランス書林文庫のカラーから大きく逸脱しない程度におさえつつ書いてきて、それが今日のカルトな固定ファンをつかんだSF大賞作家であるはずだったが、

（ああ、やはりカルトはメジャーには負けるんだわ）

がっかりして中国茶をつぐ。ぶったりしばいたり蠟燭たらしたり。メジャーな光景をカルトな私に想像させるのは、だが、霞にも原因がある。とぎれとぎれの前回初体験の記憶ではあるが、たしかにこの男はその性癖の片鱗をかいまみせた。そのとき自分が心中で言ったことだけははっきりとおぼえている。「そうか、これがウラだったのだ」。ホモがホモを嗅ぎわけレズがレズを嗅ぎわけるように、彼は私を嗅ぎわけたのだと。

（あれ。とすると、「やっぱりSF大賞出身よね」というのはべつの意味で正しいのかも）

意外な自己発見をして中国茶をまた飲む。

「……であるからして、キャスリンが嵐のなかでヒースクリフにあなたはわたしです、と叫ぶシーンこそ、愛の根源を描いている」

やっと「。」がきたようで、霞も中国茶を飲んだ。麻婆豆腐と肉片鍋炒はほとんど残っている。

「三時か」

霞は時計を見る。

「もしかして、用事ができてしまいましたか?」

彼の顔から察した。

「ごめんね。今日はずっと時間がある予定だったのだけど、最終ののぞみで大阪に行かなくてはならなくなって」

「大阪? それはたいへんね」

「日帰りですむ時間しかくわない用事なんだけど、大阪へ行くためにかたづけないとならないことが、今日これからできちゃってさ」

「しかたがないわ。予定は未定であって決定ではないんだから」

やっぱりこんな中華料理店で悠長に昼食をとっているべきではなかった。

「大阪に行くんだったら、ついでにほんとの新世界に寄ったら?」

「ほんとの新世界?」

「だってこの店、嘘の『新世界』だから」

「ああ、大阪の新世界区ね。だからってこの店を嘘の新世界って言うことはないよ」

霞が笑い、私も笑った。笑う空気の振動を、懸命にわたしは皮膚に伝えようとした。

「じゃ、あさっての夜九時に電話する」

「はい」

「それからもし……」

駅の改札で、霞はポケットからメモ用紙を取り出した。

「力石さんはひとり暮らしでしょ。私は丈夫だって言うけど、病気になることもあるかもしれないじゃない。そんなときはかまわないから自宅に電話してください。作家の力石です、って言えばいいから」

「でも、霞さんとこの会社じゃ、小説とはなんの関係もないじゃない」

「小説をよく出す出版社の刊行物のデザインを受けたりもしてるからへんではないよ」

「へんだよ」

「じゃ、デザイナーの力石ですって言えばいいから。とにかくこれは持ってて。連休中、ずっと心配だった。カメラマンとかフリーの人からたまに話を聞くんだよ。土日に風邪をひいて医者に行けなくて動けなくてたいへんだったよ、みたいな話を週明けに。だから心配だった。ほんとに連休中は、ずっと……。ひとりできみが身体をいためていたりするのは、ぼくは耐えられない」

耐へられない、と言ったように聞こえた。

「持ってて」

霞は自宅の電話番号を書いた紙を私ににぎらせた。

「わかりました……」

私は紙を見ないようにしてポケットに入れた。

「じゃあね」

地下鉄に乗ってから、私は紙に記された数字を見ないようにして紙を小さくたたんで窓から捨てた。

しっかりしているときはいい。しっかりしているときは「電話したところで霞はなにも行動できないだろうが、自分の健康を心配していてくれるその気持ち」に、くやしいけれどほろりとさせられて、それだけですむ。だが、しっかりしていないとき、それこそひどい風邪をひいたときや、『セ・マタンノワール』でしでかしたように通飲してしまったとき、そんなことは私にはめったにないことだけれど、ありえないことではない。そんなときは、今日の「ほろり」にすがりついてしまう危険がある。しっかりしているときにこそ、危険を撤去しておかなくてはならない。電話番号は捨てて、電話番号をくれた霞の感傷だけをもらっておこう。

ごおうと地下鉄は走り、風景のないチューブのどこかに紙は行ってしまった。病院に寄り、部屋にもどり、原稿を書く。電話はどこからもかかってこなかった。部屋はしんとしている。風呂に入った。風呂のなかでさくらんぼを食べた。雨がふっているようだ。ひどいふりではない。なんて今年は雨が多いのだろう。春先きからずーっと同じような天候がつづく。五月の爽快に汗ばむ気温の日がまるでない。ラジオのニュースは米の不作を心配するニュースを伝えている。湯舟につかって聞こえてくるニュースを聞いている。さくらんぼを食べる。これで夕食はすんでしまう。

「今日、食べたもの。ミネラルウォーター、中華料理すこし。ミルク、バナナ。それからさくらんぼ。奇怪な」

奇怪なくらい食べていない。

「あひみてののち、げにきっかいなる……」

さくらんぼのヘタを口のなかでむすぶ。まぶたを閉じ、口唇だけに神経を集中させる。唇を固くさせ、唇をゆるめ、固くさせ、ゆるめ、固くさせ、ゆるめ、ヘタを舌の先端におびきよせてくると、いくぶんヘタはしなって、青臭い匂いを口内にひろがらせる。舌の先端でくるりとそれを巻き込み、頬をすぼめて、輪を作る。いくぶん意地悪なぐあいに輪の一部を噛み、舌を蠕動《ぜんどう》させてころがすように、唾液を呑み込みながら、むすぶ。

むすんだヘタと種がいくつもタイルにおちている。それを屑籠《くずかご》に入れて、風呂を出た。風呂に入る前に書いたものとはべつの原稿を書きはじめた。時計を見ないようにして書く。すすまない。

「だめだ。ダメになりつつある」

時計をついに見た。午後八時十分。私は原稿を書いていたままの衣服、ジーンズとポロシャツといった、そんなていどの服のまま、外に出た。そして駅に向かって歩いていった。Ｆａｍｉｌｙ Ｍａｒｔ。くすり。大橋賢三。コーポ双葉。ブリヂストン自転車。看板や表札の字を読んでいる。駅につくと東京駅までの値段の数字を読む。切符を買って電車に乗る。ＪＲ乗換口。表示を読む。ＪＲの電車に乗る。とっておきの雑貨ベスト。スコアの壁をきる。雑誌の車内吊りを読む。席があく。すわる。巨人。ホームラン。前の座席の人の新聞の見出しの文字を見る。そのとなりの人のブラウスのペイズリー模様を見る。目をとじる。目を開ける。それから明確に思う。会いたい。昼間に会ったのに。

東京駅には九時四分に着いた。入場券を買う。のぞみの最終は十八分である。何号車なのかわからない。見つけられない可能性のほうが高い。でも見つけられたら、一分、顔を見ていよう。そのために東京駅に来た。

前半車輛か後半車輛か。あてずいりょうで選ぶ。五号車から順にホームを歩いていく。帽子をかぶっていないかぎりあの髪形なら目立つ。あの顔なら目立つ。六号車。七号車。

私はホームを歩いた。

「力石さん」

八号車の後ろドアからのぞみに乗ろうとしている霞が私を呼んだ。私は走った。

「どうしたの？」

霞はのぞみに乗り、私はホームに立って彼の顔を見ている。どうしたの、と言ったあとわずかに口が開いたままになって歯並びが見えている。美しい歯並び。

「顔、また見たくなったの」

私は言った。

「そう」

霞は言った。

「私の顔は見ないで。こっち見ないでキオスクでも見てて。部屋にいたままのかっこうで来たからヘンなの」

「ヘンじゃないよ。学生みたいだよ」

「ヘンだわ」

「鞄持ってないの？　女の人にしてはめずらしいね」

霞は画板のような鞄といつもの革の鞄をドアのわきに置いていた。

「だいたいいつも持たないの。ポケットに入れるから」

もうすぐ発車するのでおみおくりのかたはご注意くださいとのアナウンスが流れた。ベルがなり、

「気をつけてね」

私は手をふった。

「力石さん」

霞は私の手首を摑み、

「ほんとの新世界に行こうか」

閉まりかけるドアのなかに私を引き入れた。

「いっしょに行こう、新世界」

霞は言い、うなずく私の口を塞いだ。感傷の甘味に目を閉じる浅薄な行為を、はじめて私は許した。

＊

大阪ターミナルホテルに入る前に、霞は、

「ちょっと……はなれて待ってて」

と、コンビニエンス・ストアに入った。見慣れぬ大阪の街の通りで、私は反省をした。

（いままでいつもよけて通っていた）

いつも疑問だった。映画も小説もラブシーンに避妊のシーンが出てこない。どうやってこの人たちは避妊しているのだろうか、と自分が書いているときでさえ疑問だった。「できたらできたでいいじゃないか」と思いあえる男女ばかりがセックスするわけではないはずなのに。めくるめく官能の世界に墜ちてゆくふたりであっても、めくるめく官能の世界に子供まで墜とすことはなかろうと思っているふたりはとても多いはずなのに。「へっへっへ、奥さん、いいじゃありませんか。もうあんたは華族さまじゃなくてわしの肉奴隷なんだ。いや、およしになって」なふたりだって、奥さんが中絶手術をしたら肉奴隷として応対させられなくなるのだし、「レイコの音階を草原にとじこめ、ぼくはキイをたたこう。レイコの息が赤く染まるまで」なふたりだって、レイコに子供ができたら草原でゆっくりなんかしてられずPTAの会合にも出席しなくちゃなんない。避妊方法はコンドームにかぎらないから、女の主人公がピルを病院に受け取りに行くシーンや男の主人公がパイプカット手術を行うシーンも、作品の文体に則して描ききってほしい。「いひひ、さあコンドームも装着しましたぜ。奥さんだってさっきピルを飲んでその気充分なくせに」とか「ぼくの股間の奥にあるピアノ線を切断する手術を終えた。真昼の太陽が白い。やれやれとぼくは思った」とか。いつもそう思いながら、私だってはなはだあいまいにそこを書いてきた。時速200キロの電車のなかで骨太の骨がきしみそうなくらいのキスの感傷にひたろうとも、避妊の問題は感傷には流せない。

霞がコンビニエンス・ストアから出てき、行こうと言う。

「ちょっと……はなれて待ってて」

こんどは私が店に行った。

ソックスとパンティとそれから文庫本を買った。フランス書林文庫の自著。1ゲーム目のときは蓄積されているはずの情報があまりに出てこなかった。

「なにを買ったの？」

通りを歩きながら霞。

「ガイドブック」

つないだ手をふりながら私。

「ガイドブック？　大阪の？」

「いや、ビギナーのためのテニスガイド」

「ふうん。そういや、力石さんて関西出身なんだよね。このへん、くわしい？」

「ぜんぜん。関東の人全員が六本木のことくわしくはないように」

私が言うと、霞はそうだね、とうなずき、私の郷里の町の名を訊き、私が答えて方向を教えた。

「田舎の町よ。盆地だったから冬は底冷えがして夏はむし暑い」

「関西訛《なま》りがぜんぜんないよね」

「関西の人としゃべっていたり、高校より前のことをしゃべろうとすると出る。霞さんは東京出身でしょ」

「そうだね。出たことないね。旅行以外は」

霞は中学の修学旅行で金閣寺に行ったと言い、私の耳たぶにキスをした。O Diamond, Diamond.

部屋をツインに変更するてつづきをとったあと、私たちは入浴と歯みがきから開始してセックスをおこなった。そして、避妊についての描写の欠如に対する反省とは反対に、これまで自分が書いてきたセックスの描写は、ほんとうに「想像でいくらでも書けるわ」だったことを複雑な思いで知った。森には、自著のくだりがあるだけだった。

＊

巨大な力を持った魔人が跋扈《ばっこ》する闇。闇のなかで、藤堂は身をふるわせ、節子の足元にひれ伏した。それは快感であった。

「なあ、藤堂さん。うちがなにしても我慢してくれはるのやろなあ」

節子は上から藤堂を見下ろして言う。藤堂はうなずいた。

「そんなら、ちゃんと口に出して言うてみよし」

背中が鋭利ななにかで傷つけられる。藤堂は毛布のはじをにぎりしめた。

「も、もっと虐《いじ》めてください」

羞恥で喉がつまりそうになる。

「聞こえへん。ちゃんと大きな声で言うてくれはらへんとなあ」

節子が顔をのぞきこみ、藤堂は顔をそむける。以下、大腿部、被虐にふるえる、密室、あえぐ、痺れる、恥辱、凌辱、熱情、哄笑、粘着、理性、等々……詳細中略して、屹立した藤堂の肉は、やがて節子の口で揶揄《やゆ》される——。


(『古都のドミナ』より抜粋)

＊

『古都のドミナ』のとちゅうまで復習して、

「霞さん、あのう……」

ここで一回だけ、私は自著の、逆私小説的遂行につまった。

「あのう……これはですね、私はいっぱい書いたことはあるんですけど、おこなうのははじめてなんで、よくわからないんですが」

上から霞に問うと、暗い部屋で霞はなにも言わず、眼球の部分がどこかから洩れてくるネオンライトにわずかに反射した。私の後頭部に彼の手が添えられ、その手は前方に力を加えた。私は入浴前にインプットした自著の情報を懸命に脳に再生させた。

＊

晶子の指が罠《わな》をしかける蜘蛛《くも》のようになって洋介の睾丸をつつみこみ、晶子の舌が深海の軟体動物のようになってペニスのうらがわで蠢《うごめ》き、晶子の顎が蜜を求める蝶のようになってペニスの先端をくすぐり、軟体動物は根元を甘噛みし、洋介の大腿部がふるえはじめたときに、ずるりと晶子は口の奥まで彼を含み、晶子の舌と彼自身が溶け合いそうになるくらいに舐めあげる。以下、硬質、痛い、喉、かさなり、体重、きしむ、背中、びゅん、傷、傷痕、もっと、懇願、細胞壁、爪、見ないでくれ、指、鼓動、汗等、以下詳細省略。

（『野性の夜に』より抜粋）

＊

ドミナの果てに野性の夜は明けた。私が短い睡眠から目をさましたとき、霞はいなかった。先に出て用事をすませるという置き手紙がサイドテーブルの上に置いてあった。ベッドから出、裸にシーツをまきつけてコーヒーを飲むという行動を、私ははじめておこなった。

（そうか、フィクション内のみんながこうしていたのは、あながちかっこをつけてのことではなくて、くたくたでこうするしかなかったのだ。とくに侯爵側は）

学んだ。

しかし、セックスというのはセックス＝性と訳すにもかかわらず、すこしも性的な気持ちのよさというものがない行為である。猥褻な気分は微塵だに生じない行為である。霞のああした顔やすがたを見ることができる、いわば、

（プラトニック・ラブとはセックスのことだったのか）

と思う行為だ。同時に、自分はやはり外見も、それ以上に内面も女としての能力が劣っていると感じつつ、そういう私であるのに新幹線に引き入れてくれた霞に感謝する。

チェックアウトの時間は延長してあるから三時になったらロビーで、という彼の置き手紙に従って、私はホテルのTVで『たのしいフランス語』と『世界史〜宗教改革その2〜』と『今日の料理』を見て、裸のまま数時間をすごした。

＊

午後三時。私と霞は、通天閣のエレベーターに乗っていた。

「古いエレベーターだね」

「ロープが切れるんじゃないかしら」

つないだ手に、ふたりとも思わず力をこめてしまう。さいしょの通天閣は当然、太平洋戦争中に一度撤去され、現在の塔は昭和三十一年に再建されたものである。それでも古く

て、「内国勧業博覧会」という、まるで「衛生博覧会」のごときひびきを持ったイベントが開かれたときから人々を運んでいるような気になるエレベーターである。

明治四十五年、内国勧業博覧会の跡地を市民の娯楽地帯として開いたのが「新世界」だった。当時の人々はどんなに夢とあこがれのまなざしで塔を見上げたことだろう。

「タイムマシンに乗ってる気になる」

私は霞の上腕に片頬をあて、

「ヴェルヌの話に出てくるようなやつ」

霞は私の額に額をあてた。

展望台にはほとんど人はいない。霞はビリケン像の前でしばらく立ち止まり、

「おもしろいね、これ。神さまなの？」

と言い、私もビリケン像を見て、

「神さまなんじゃない？」

と言いただそれだけのことで長々と笑うのだった。それだけのことがおかしいのだった。

「ハンプティ・ダンプティみたいだ」

「ハンプティ・ダンプティみたいね」

それだけの理由で手をつなぐのだった。手をつなぎながら、私たちは新世界を歩いた。

新世界。なんて妖しいネーミングだろうか。新世界。発すれば、アセチレンランプに照ら

された夜の光景が浮かぶ。新世界。きっと一九一二年、このあたりは極彩色の建物や物やたべものがいっぱいあったのだと空想する。人工的な、近代的な、妖しい新世界。

しかし、今、新世界と聞いて「内国勧業博覧会・跡地」と連想する人はまずいない。日雇い労務者のたむろする地域。それだけを人々は連想する。今、ふたりで歩く、新世界は昼の光に照らされて、人工的につくった建物や物が古くなって剝《は》げた、その「剝げた」部分だけを露呈している。若いころに美容整形をした女が年をとって、シリコンのずれた鼻や、ドリルで削ったためにいびつな肉のたるみができた顎を、容赦《ようしゃ》なく太陽に照らされているように。それはむごたらしいさびしさを感じさせるものであるが、

「きっと、むかしはこのへんは活気にあふれていたんだろうね」

「そうね、きっと」

と肩よせあって手をつなぐとき、そのさびしさはかえって、今、ふたりであること、今、ひとりではないことを感じさせるものに利用されてしまう。色褪《あ》せた剝げた人工の街のせつなさが、時間の残酷さを教え、

(きっと夏まで)

私は霞の腕を摑む。

(こんなしあわせは今だけの、つかのまのこと)

つかのまでも、いや、つかのまであるのなら、今だけ摑んでいようと思う。腕を摑む。

「力石さん」

霞が立ち止まり、鞄を置いて強く私を抱きしめ、

「そんなせつなそうな顔をしないで」

また鞄を持って歩く。道沿いの将棋所の窓ががらがらと開き、

「いやあ、アツイなあ。こっちまでアツなってまうわ」

知らない人が言い、口笛を吹く。私は霞の腕から手をはなし、うつむいて早足で通りすぎる。ここは新世界。路地を抜けるとき、

「ずっと愛してる。会えないときでも。ぼくの立場でこう言ってもきみは聡明で信じないだろうけれど、いつもきみはぼくの心のなかに住んでいる」

霞が言う。ここは新世界。弓打ち屋のさむざむしい蛍光灯が白と黒の的を路地のくらりに浮かびあがらせる。路地をぬけて、また手をつないで歩く。ここは新世界。風俗営業の店の看板が道にたっている。かわいこちゃんばっかり。明朗料金。ファッション・マッサージ……と書きたかったのだろうが、どういうわけか、さいごの「ジ」が看板に入りきらず、抜けている。ファッション・マッサー、で看板はおわりになっている。しかも、マッサーではなく「ー」の部分は「〜」である。〈かわいこちゃんばっかり／ファッション・マッサ〜〉。

「なぜ、ジがないの？」

「さあ」

霞はさいしょはくっくと息をとぎらせるだけだったが、そのうちに大きく笑いだした。

「そやかて……そやかて……なんでジをぬかさはったんやろ」

ほな、やらしてもらいまっさー。これから行きまっさー。そんなときの「まっさー」みたいだ。おかしくて私も笑った。新世界。

「関西弁になってるよ」

「え、そうだった？」

「ぼくは小学校四年のとき、はじめて大阪に来たんだよね。親父の仕事について行ったの。親父の仕事相手の家に行ったら、そこに同い年の子供がいた。女の子で、今も名前をおぼえてる。草薙佳代子ちゃん。いっしょに庭で遊んだ。その子がさ。自分のことを、うち、うち、って言うのが、ぼくはなんのことかよくわからなくて。でも、すごく神秘的だった」

霞は私の額をなで、

「力石さんも、子供のころ、自分のことを、うち、って言ってた？」

訊いた。

「ううん。私は言わなかった。でも、そう言う子もいた」

額に添えられた手の上に、自分の手を置く。新世界。

帰りの車内ではずっと、私たちは眠りこけた。東京についたとき、霞は眠りこけたエロティックな理由を短く言った。

「…………」

将棋所の窓が開いたときのように、私は赤くなってうつむいて駅構内を足早に歩いた。渋谷《しぶや》までうつむいていた。

「送ってくよ」

渋谷で私鉄に乗り換える私に霞は言ったが、私は断った。

「いいよ、真夜中じゃないし。ここまでで充分です。霞さんは早く帰らないと」

が、霞はJRから降りた。私鉄への階段下。たちこめるクッキーの匂い。

「じゃあ、おやすみなさい」

私はどんな顔をしていたのか。私を見る霞の眉間がかなしそうによった。人のかたまりが階段から流れてき、人の波のなかで、霞は私の内臓が圧縮されるくらいの強さで身をとらえ、口を塞いだ。

*

いっぱいキスしよう
ずっとキスしよう

あなたと
唇がふれるたびに長かったひとりの夜が
あなたへとつづいていた道標と今は思う
いっぱいキスしよう
ずっとキスしよう
いつまでも

（歌・山下久美子）

＊

翌朝、鏡をみると、私の唇は腫《は》れていた。キスのせいで唇が腫れることがあることを、はじめて知った。

第十章　ロゼット洗顔パスタの歌

どうもおかしい。

私はほんとに不倫をしてるんだろうか？　そういう気分にぜんぜんならないのだが。名古屋市のU・Oさんからの悩みと私の回答が掲載された女性雑誌が送られてきて、今、ページを繰っている。

「不倫」

口に出してみるとますます奇妙だ。不倫。倫《みち》ではない。ならば、ひときれのパンを盗むのだって駐車禁止の所に駐車するのだって不倫ではないか。それになんで不倫というと、「学生結婚している女子大学生妻と独身の男子同級生」や「結婚している女性社員と独身の男性社員」といった組み合わせではなく「妻帯者の男性と独身の女」の組み合わせのみを指すのか。そういう場合が多いからか。となると私の場合は多くの場合から外れているから不倫しているという気分にならないのだろうか。

雑誌には不倫の悩みが満載されている。

「彼が帰ったあとのがらんとした部屋で、彼が乱したシーツに涙を落とすのです」「土曜の夜と日曜、それは地獄の苦しさです」「わたしからは連絡できないつらさ。いつも彼からの電話を待って、おふろにも電話を持ち込むのです。待つだけの身を憎みながらも嫌いになれない」「左手くすり指のリングをぜったいにとらない彼。それをとればルールがこわれると言う」「訊いてはいけないと思いながら、彼の奥さんのことを訊いてしまってあとで想像の中の彼女に苦しめられる。ごめんなさいと想像の中の彼女にあやまらなければならないつらさ」等々。巻頭はくだんの名古屋市のU・Oさんで、巻末は「身も焦がすほどの狂おしいほどの苦しさに我が身を傷めつけてみたいなら、不倫の恋をすることだ。それはあなたの肉体と心をほんとうに焦がし、焼く。許されぬ愛の炎で」と結ばれている。

「どうもおかしい……」

私はこうした心情になれない。

「彼が帰ったあとのがらんとした部屋」というのはどういう部屋か。霞を部屋には呼ばないのでわからない。部屋で会わないから霞が私のシーツを乱すということもなく、したがってシーツに涙できない。

「連絡がとりにくい」というのもどうも。FAXや留守電など発達した家電製品で解決できるだろうに。

なぜ「奥さんのことを訊いてしまう」のだろう。これがわからない。私はちっとも訊きたくならない。訊かないのに話したがる霞である。そして彼は結婚指輪をはめていない。

「結婚指輪をぜったいにはずさない」男の手というのは猥褻な気分を高揚させる効果があるように思われるのだが。その人とつきあっている女のひとだって猥褻効果だけはちゃんともらっているはずだ。自己認識しているか否かのちがいだ。

「不倫の恋は身も焦がすほどの苦しさ」。苦しさ？

名古屋市のU・Oさんも苦しいと言ってた「手をつないで歩けない」という点、これは不倫の男女の苦しみの象徴のようになっているが、霞と私はいつも手をつないで歩いている。霞の会社はほかの出版社の出版物のビジュアル・デザインもひきうけたりしているから、霞が勤務中に「外出」になる場所で会うことが多い。すると私たちが手をつないで歩く場所というのはたいてい出版社の近辺になる。そういう場所で手をつないだりできないのが不倫ではないのか？　おかしい。手をつなぐだけではない。キスもしている。いままでに路上キスをおこなった場所、文京区音羽《おとわ》、千代田区紀尾井町《きおいちょう》、新宿区矢来町《やらいちょう》、中央区銀座四丁目交差点、千代田区一ッ橋、東京駅発新幹線車内、渋谷駅構内、ひいては、新宿区新宿5の11の18の路上でさえおこなっている。

「『潮騒』の死体になればよいのである」

私は思った。この雑誌は巻末に『潮騒』を引用すればよかったのだ。

＊

或る老婆が死んだので、その屍《しかばね》をのせて答志島《とうしじま》まで検屍をうけに行った組合の舟は、歌島から三哩《マイル》位のところで、B24の艦載機に出会った。爆弾が投下され、機銃掃射がこれにつづいた。（中略）パイプと煙突が裂け、新治の父の頭の耳から上はめちゃくちゃに裂けた。もう一人は目をやられて即死した。一人は背から肺に盲管銃創を負い、一人は足をやられた。（中略）甲板も船底も血の池になった。石油タンクが射たれ、石油が血潮の上に溢れた。そのために伏せの姿勢をとれなかった者は腰をやられた。（中略）こうして十一人のうち三人の死者を出したにもかかわらず、甲板に薦《こも》一枚をかけて横たえられていた老婆の屍体には、一弾も当っていなかった。

（三島由紀夫著『潮騒』より）

＊

手をつなげないから苦しいU・Oさんかもしれないが、『潮騒』の舟で運ばれた死体の境地になれば、手もつなげるし新宿区新宿5の11の18の路上でキスもできる。他人はさして他人を注目などしていないのだ。

「へんなの」

雑誌をとじたとき、ジ、ジ、ジとFAXが作動しはじめた。霞からだった。

「力石さん、お元気ですか。このようにFAXという手段を用いなくてはならないのはつらいことです。きみのつらさを思うとぼくはつらい。恋というのは、いつまでもいつまでもいっしょにいられる時間があるということなしに、やはりほんとうのしあわせはやってこないと思うのです。あなたは強く雄々しく鷹のように才能にあふれている。力石さんならいくらだってしあわせになれるだろうに、ぼくがあなたのしあわせを奪っているような気がします。会いたいという自分の欲望を理性は凌駕することあたわず、夜にひとりあなたを思い、あなたを切望するつらさにぼくは襲われるのです。力石さん、お元気ですか、お元気ですか。明日会えますか？」

読んで首をかしげた。

「どうも、おかしい。霞さんもつらいのか。つらくないのは私だけなのか？」

手をつなげない、許されぬ愛、等々、この種のつらさが、多くの人の場合はエロスの高揚に作用するのだ。しかし私には、霞との交渉が倫理に反しているという恐れおののきがどうしてもわいてこない。

「私はたぶん〝感性〟というものがまったく〝とぎすまされていない〟のだわ」

肉体が強くてたくましいので感性も丈夫に鈍感にできているのにちがいない。

ここに不能の男、チャタレイ氏（仮名）がいるとする。不能の男にはコニー（仮名）という妻がいて、夫は妻とセックスができない。としたらその男はどのように体内に潜在する猥褻を鼓舞《こぶ》するか。私はコニーにではなくチャタレイ氏にのみ興味がわく。

「私の官能の感性はインポである」

ちゃんと勃起する人の悩みは、したがってわからない。

「霞さん、好きです。でも、いつもいつもいっしょにいてくださらなくていいのです」

私にわかるのはこれだけだった。

*

「もうこんな関係はいや、わかれたいの、でも身体がわかれられない」

えりかは、私が受話器をとるなり言った。六つ年下のボーイフレンドのことである。

「このまえはたのしそうだったじゃない」

「いまだってたのしいわ」

「じゃあ、わかれなくていいじゃない」

「だめ。私には家庭があるもの。星野のことは愛しているもの」

「でも、それってさいしょからそうでしょう。星野さんのことをきらいになって六つ年下のその人を好きになったわけじゃないでしょう」

「そうだけど……あまりに肉体がむすびつきすぎると苦しいのよ」

名古屋市のU・Oさん、霞さんにつづき、えりかも苦しいのか。

「苦しいということが私にはわからないのです。さきほど結論を出しました」

「なんなのよ、それ。わたしの苦しさを理気子ちゃんならわかってくれると思ったのに」

とがめている口調ではなかった。かわいらしい。

「霞さんが結婚してるの、いやでしょう？」

「手間がかかるのはかかる。手間はいやだよね」

「手間なんてもんじゃなくて……そういうことじゃないでしょう。自分と相手のあいだに他者が入ってるの、いやでしょう」

「だって、法律的にいえば、霞さんと奥さんのあいだに入ってるのが私だもん」

「そんなこと関係ないでしょ。恋愛というのは、当人同士の世界なんだから、当人同士にとって、当人以外の者が他者よ」

「じゃあ当人同士でいるときは当人同士のことだけを考えていればいいじゃない」

「考えられなくなるから苦しいのよ。なんでわからないの？　理気子ちゃんの、チョコレートとスカーフはべつだって話で言うなら、チョコレートを買わないといけないときに、スカーフを買ってしまうということだってあるわ。スカーフが必要なときにチョコレートを買って食べてしまうことだってある。それが人というものでしょう。そしてそんなふうに、なんだか頭がおかしくなってしまうのが、好きだってことじゃないの。なんで理気子ちゃんはチョコレートとスカーフをいつも区別していられるの」

問われて、みじかくないあいだ、私は理由を考えた。だが、こうとしか答えられなかった。

「なぜだろう……。なぜかしらね」

「なんでそんなひとごとみたいに言えるの。ねえ、理気子ちゃん、霞さんは今ごろ奥さんといっしょにたのしそうにごはんを食べてるかもしれないのよ」

「今の時間は会社だから食べてないよ」

「じゃあ、もっとあとの時間に」

「そりゃ食べるんじゃない？　夫婦なんだし」

「いやじゃないの？」

「だって霞さんてぜんぜん食べないし、私も霞さんといっしょにいると食べたくならないし、いっしょにごはん食べるといつも食べ物を残してしまっていやなんだもの。奥さんとの食事ではちゃんと食べられるのなら、そのほうがいいじゃないの」

「そんな問題じゃないのよ、わたしが訊いてるのは。べつの女と時間を共有していることがいやじゃないのか、ってことよ」

「だって、私だってべつの人間と時間を共有しているときもあるよ。今だってえりかちゃんと時間を共有してるじゃない」

「わたしと理気子ちゃんの関係は、霞さんと霞さんの奥さんとの関係とはちがうでしょう」

「ええ。それと同じように、私と霞さんの関係は、霞さんと霞さんの奥さんとの関係とはちがうでしょう」

「どうしてよー！　理気子ちゃんはどうしてそんなふうに思えるのよー」

「どうしてって……、そう思えるから……」

「どうしてぇー。理気子ちゃんてロボットみたい」

どうしてぇーん、とえりかは叫び、

「タックんが——」

と甘く叫んだ。タックんというのはえりかの六つ年下のボーイフレンドのことだそうだ。

「——タックんが会社の女の子と映画に行ったの。涙が出るの」

「いいじゃない。映画に行くくらい」

「映画に行くこと自体はいいわよ。きょくたんな言い方したら、セックスしたっていいわよ。問題はその女の子にはタックんは気があるの。女の子もなの」

「なんでわかるの？」

「話を聞いてるとそうだから。ふたりはデキてないの。でもデキてなくて映画に行ったりごはん食べたり、そういう、なんていうか、デキてないのに仲がいいっていうのが、デキてる以上につらいの」

「その女の子の話を聞かなきゃいいじゃない」

「訊いてしまうの！」

「なぜ？　えりかちゃんは自分が結婚してるのよ。訊ける立場じゃないでしょう」

気になっても訊かないようにすべきである。それには意志力を要する。要するが、それくらいのことは結婚している身でタッくんという人とかかわった時点で腹をくくるべきことだ。

「そういえば、霞さんの大嫌いなところは、私が訊きもしないのに奥さんのことを私に話すことだわ」

あきれるほどの弱々しさを感じる。ミニスカートをはいて駅の階段をのぼり、男が下から見たら、んまあいやらしいッ、と怒っている女のようなものだ。ミニスカートをはくからにはパンティが見えることもあると腹をくくるべきだ。

「それは霞さんも、頭がぐちゃぐちゃになるほど理気子ちゃんを好きだからよ」

「ぐちゃぐちゃになっているとしても、それは自分で受けてたつべきことでしょう。成人男子だったら。えりかちゃんもタッくんにはその女の子のことを訊かないようにこころがけましょう」

「冷たい！」

「そうなの。心身ともに冷感症なの。これ、女として致命傷でしょ」

えりかはずいぶん黙っていた。電話の向こうで、竿《さお》や〜、竿竹〜、という間延びした声が聞こえた。

「回数こなせばなおるよ。ワンセットすませた？」

ややや、声の調子を変えて、えりかは言った。

「いや、まだ。そのほうが私には悩みだわ」

「なんでかなあ。初期カップルだったらそんなのすぐにすませちゃうと思うけどなあ」

「仕事がつまってるし、病院にも行かなくてはなんないし、会ってもヤルとはかぎらないので」

「肉欲をそそらせないいんじゃないの、理気子ちゃんは。あ、ごめんなさい」

「いいえ。そうだと思うわ。私にはそういう気持ちをおこさせるものが欠落してるのよ」

わかれたいのに身体がわかれられない。ずるずるとした関係。そんなものが発生しえる「能力」。神秘的な能力。かわいい女の人がもっているという。山の彼方《かなた》の空遠く「ずるずる」があると人の言う。

「……ごめんなさい。わたしの言い方が悪かったわ。わたしは理気子ちゃんが、なにか魅力的ではない、という意味で言ったんじゃなくて、いつも冷たくて……冷たいという以外になんて言えばいいのかな……性格が悪いということではないのよ……冷たいというのは
……」

「いいよ、冷たい、で。えりかちゃんが私をなじって言ってるのではないことは、よくわ

かるから」

「……いつも冷たい……ので、だから霞さんも肉欲っていう気分じゃないほうの気分のほうが大きくなってしまうのではないか、と言いたかったの」

「えりかちゃんは、タッくんと会うとき、どうしてるの？」

「どうしてるって？」

「どんな服で会うの？」

「ふつうの服よ」

「どこで？」

「彼が行きたいってとこで」

「なにを話すの？」

「ぼくたちいつもいつもいっしょにいられたらどんなにいいだろうね、って。そんなこと不可能なことだけど、いっしょにいるとそんなふうな夢を見てしまう。それが不倫のせつなさよ。生活の愛ではなく恋をするということよ」

えりかは電話を切ってしまった。

恋。恋をしていると私はこれでも思ってるのだが。

「明日の件ですが、スケジュールの都合上、明後日にしていただけますと助かります」

えりかからの電話のあと、私は霞にＦＡＸをした。そりゃ、会いたいよ。いつもいつもいっしょにいられなくていいから、もっとゆっくり会いたいよ。でもさ、仕事だってあるでしょ。だって仕事しないと、会える時間も、会える状況での経済も成立しないじゃない。仕事は大事だよ。「仕事とアタシとどっちが好きなの⁉　キィーッ」と、責められる世のお父さんのご心情、おさっしいたしますよ。ビジネスマーン、ビジネスマン、ジャパニーズ・ビジネスマン。だから仕事してるあいだは奥さんが霞さんを引き受けててくれるとしたら、そのあいだは奥さんとの関係での愛のなかに住んでいるとしたら、「よかったわね」って気分。へんな言い方だけど、そしたらいつも霞さんはさびしくないから。

「でもね、会うときはほんとにうれしいの。ひとかけらの時間の共有、それでじゅうぶんなの、私は」

とてもうれしいの。会社宛てのFAXには書けなかったことを、私はひとりごちた。隣のアパートのスレートの屋根が雨で光っている。梅雨はいつ明けるのだろう。今年は雨ばかりつづく。スレートの屋根から雨は、といをつたって地面に落ちている。隣のアパートの敷地の地面は細長い地面だ。

＊

深夜に星野（夫）がドアをノックした。

「どうしたの⁉　なにごと⁉」

チェーン・ロックのすきまから彼の顔を見た私はびっくりぎょうてん、天地さかさまになるほど、足首を傘立てにぶつけて驚いた。

ものを書く仕事についてほそぼそとキャリアだけは長い十余年、いまだかつて編集者が自室に来たことなど一度もない。編集者にかぎらない。人と会うのは自室近くの喫茶店。喫茶店で会っているうち雨など降ってきた折りなら、傘を貸すべくいっしょに自室ドア前まで来たこともあったが、部屋に入った人間となると学生時代の友人くらいでごくわずか。その彼らも、学校を卒業してからというもの、それぞれの家庭や仕事に忙しく、自室に来るどころか会うも電話もままならず、TVドラマによくあるように、ある日ピンポンとチャイム鳴り、出てみれば「あら、どうしたの、××子ちゃん」などということなど、皆無も皆無、まったくなく、だから二十五、二十八、三十三と私の人生ひとりきり。星野といっても妻のほうならまだしも、夫のほうが、しかも深夜にドアをノックするなど、これがびっくりぎょうてんせずにおられよか、わが目を疑うとはこのこと。星野には先日、原稿をわたしたうえに食事までしたろうが。つぎに会うのは年末か来年豆まきのころかと思っていたから、

「星野さんのそっくりさんの浮浪者では？」

と、本気で疑い、

「恋するということは、こんな信じられないできごとにも遭遇するのか」

と、なぜか脈絡なく思ってしまう。

「ど、ど、どうしたの⁉　なにごとでしょうか？」

顔面蒼白《そうはく》の星野を、とりあえず玄関に通す私の顔からも血の気がひく。ひとりであることがあまりにも長く、長くて長く、ひとりであることがあまりにもふつうになり、突如としてひとりでない状態が訪れたとき、そくざに環境に順応できぬ恐竜、ヘビの類の冷血動物。

「そうか。もしかしたら、なにもかもがあまりに〝はじめて〟のことで、霞さんが妻帯者であることに苦しむところまで環境に順応できていないのかも」

などと、新しい見地からの分析をおこなったりもする。

「入っていい？」

すでに靴を脱ぎながら星野。

「どうぞ」

なにごと⁉　なにごと⁉　というふしぎさを胸に、私は彼を台所の椅子にすわらせた。

「酒、ある？」

もうずいぶんと酩酊している。

「飲まないほうがよいのでは？」

「平気だよ」

「吐きたくなったらトイレで」

「平気だってば」

星野はやさしい顔になった。

「ごめん」

さらにやさしい顔になって謝る。

「理気子ちゃんしか思いつかなくて。こんなときに話す相手が」

「いえ……。なにごとでしょうか?」

缶ビールを星野の前に置く。

「こんな関係はもういやだ、と思ってさ。なんだかみんないやでいやで」

星野夫妻は似た者夫婦なのか。妻と夫でおなじようなことを言う。デュエット夫婦とこれからは呼んであげよう。

「バレリーナさんとのことですか?」

「まあね」

星野はビールの蓋を開けた。

「理気子ちゃんは文章がうまいよ。ああ、うまいよ。ほんとにうまい。おそれいるね、まいどのこと」

慇懃《いんぎん》に言った。

「この一冊でどこで読者が興奮して、どこでマスかくか、かかせるためにどう書くか、ぜんぶ文句なしに計算して書いてある。そのうえおそれいるほど文章がうまい。編集者としてはなんの文句もない。きみを知らない読者も、文句はないだろう。それはいいよ。でも、個人的な知り合いとしては文句だらけだ。きみはセックスもエロもまったくわかってない」

フランス書林文庫に書いてるくせに、と言ってはならないことまで言った。

「きみの言う愛もセックスも性もエロも、ヘンだよ。人間的じゃないんだ」

「実はロボットなんです、私」

「くだらない冗談はやめろ」

「だって、昼間、えりかちゃんがそう言ったから……」

「えりかのことは愛してるよ。でもあの子に俺は惚れてる。惚れてるのと愛してるのとはちがうんだ」

「だから、前から私はいつも言ってるじゃないですか。チョコレートとスカーフは同じものではないと……」

「ちがう。きみは惚れるということが、ぜんぜんっ理解できてない」

星野はどなり、どなってから、

「人を好きになるということは、わけがわからなくなることなんだ。わけがわからなくなって、そのあげくに大好きな人間を両方とも傷つけてしまう」

いきなり床に正座した。正座して床に頭をつく。

「たのむ！」

私を拝《おが》んだ。

「な、なにごとでしょうか」

「八月三日、俺といっしょにいてくれ」

八月三日にバレリーナが踊るという。ごく小さな会場で「自主発表」するのだそうだ。

「俺はあの子と、もうふたりっきりになるのはやめるべきなんだ。そうなんだ。ふたりっきりになったら、俺はもうわからなくなるんだ。だから、たのむ！」

いっしょにいてくれ。俺をふたりにさせないでくれ。星野は私を拝みたおす。

「きみしかいないんだ。こんなことをたのめる人間が。きみだけなんだ」

きみといっしょにいると俺もロボットのように冷静になれる。きみは人を冷静にさせる能力がある。星野は拝みつづける。

(星野家は夫妻で、私を褒めているのかけなしているのか)

「礼はする。エルメスのスカーフでもチョコレート一ダースでも買う」

「いや、その……とにかく、その……」

私は星野を抱きあげ、椅子にすわらせた。

「飲んだら？」

　私は缶ビールを星野の前に置き、星野にクリネックスをわたした。

「悪い。めんぼくない」

　狂うほどバレリーナが好きになってしまったと、彼は泣いた。私は星野にクリネックスをわたしつづけ、彼の背中をなでた。

「ウクレレをちょうだい」

「ウクレレ？」

「お礼はしてくれるって言ったでしょ。ウクレレちょうだい。小さくてかさばらないから」

　星野の手から缶ビールをとり、私は二口だけ、飲んだ。

「わかった」

　私は星野をタクシーの拾える通りまで送っていった。雨がふっていた。

「今年、雨ばっかりね」

「ああ」

　ひとつの傘の下で、星野は私に訊いた。

「理気子ちゃんは、あの男と会えない日にかなしくないの？」

「あの男」

るのか。

頭に「?」はうかばず、当然ひとりの男のことだけがうかんだが、なぜ星野が知ってい
「見たよ、渋谷駅で。映画の撮影かと思ったよ」

「老婆の屍体《したい》にも一発は弾が当たっていたか……」

「なに、それ?」

「潮騒」

あの物語の主人公二人は、太陽のふりそそぐ島でいつまでも幸せにくらしましたとさ。

「あの男と会えない日、理気子ちゃんはかなしくないのか?」

「かなしいとしたら、夏が来ること」

「悪い。ほんとうにいやなことをたのんでしまって」

バレリーナの発表会のことだと星野は思ったらしい。

「そうじゃないのよ。夏が来れば私のしあわせは終わるから。しあわせが終わることを想うのがかなしい」

しかし、すべてははじめからわかって、それでも私は選択したのである。だれも私に強制などしなかった。私が自由に選択したのだ。

「そんなにきみに愛されて、彼がうらやましいよ。スケールがちがう」

「え?」

意味をはかりかねて私が問い返したとき、タクシーがとまった。

「でも彼は、きみが一途《いちず》に苦しみ悩んでいると思って、それでまた悩んでいると思うよ。それがきみの夏だよ、たぶん」

ウクレレは買うからと、雨のなかを星野は帰っていった。

＊

翌々日。雨が窓につたうホテルの部屋で、霞と私は向かいあっていた。

「雨ばかりだね、今年は」

霞が mélancolique に言ったので、

「ええ。ずっと梅雨があけなければいいと思うわ」

私にも mélancolique がうつる。

窓を背に、逆光で立つ霞の、衣服のない肩のラインをたいへん美しい骨格だと思う。衣《え》紋《もん》かけのようである。他者を意識することなく、ただそこに衣紋かけのように、硬い骨が精巧に組まれて存在している。美しい。

オブジェに、私は手をのばし、その唇を指で開いて、歯にふれる。この物体に嵌め込まれた歯、この歯はなんと精緻なのだろう。指のはらで歯をこすり、精緻な細工を指で鑑賞する。

オブジェが動いて近寄り、強い体臭を放ち、mélancolique はますます巨大になり、私に、うつる、どころではなく、のりうつってくる。のりうつられて、なにやら私の全身がもにょもにょとなったところで、オブジェは発音する。

「昨日、会いたかった。今日会えるとわかっていても」

そして抱きしめるわけであるから、だめだ、フランス式に水は流れる。浸透圧の法則はモル濃度と……、だめだ。

第十一章　さよならを教えて

そして、夏は来た。

ついに私は「わけがわからなくなっちゃう」にならず夏を迎えた。「どうしてもっとはやくに知り合わなかったの」「どうして離婚してくれないの」「あなたには帰るところがある」「たった一枚の紙が私にはどんなに重いものか、あなたにわかる？」などなど。そのうち私もこんなふうなことを霞に言って、彼の胸を「バカ！　バカ！」と叩く（手かげんして）のかと思っていた。名古屋市のU・Oさんのように、えりかのように、星野のように。

しかし、ならなかった。そして、私ではなく、霞がこうなっている。

霞から長い手紙が来た。

＊

週末（金曜日）は、自宅近くにある沖縄料理店に行き、泡盛《あわもり》をしたたかに飲み泥酔しました。最寄りの駅までに行く途中、警官に悪態をつくわ看板の上に置いてあった人の飲みかけの缶コーヒーをひっくり返すわで、陰鬱なる泥酔状態におちいりました。歩いていても昏倒してみんなに迷惑をかけました。昏倒したところにあった小料理屋の女将《おかみ》さんが「救急車を呼びましょうか」とか「熱いお茶を飲みますか」とか親切にしてくれて、そこのお店にいたお客さんまで、これも何かの縁ですから送っていってあげましょうと言ってくれ、わたくしは涙がとまらなかった。こんなろくでもない人間にやさしくしてくれて私はみんなに対して悔恨と寂寥《せきりょう》でいっぱいでした。

たおれこむようにして自宅にたどりついてから、うちの女房が足とかマッサージしてくれて、いろいろ心配をかけて悪いなあとまた涙が出てきて……。

あたりまえのことではありますが、力石さんと会う時間のほかに僕の構成する宇宙にはもう一つの時間が流れていて、二つが交錯するときぼくの悲劇のパトスは最大なるものとなり、苦悩するのです。臨月を迎え、今週は産院のレクチャーを二人で受けに行き、陣痛室とか分娩室とかを見学もしたのです。お産に立ち合うかどうかまだ決めかねていますが、陣痛のときくらいは一緒にいようと思っています。

実は昨日、女房と離婚話をしました。彼女は僕の行動に不審な点を感じていて、浮気をしているでしょうと言うのです。そんなことがあったら即離婚だということになっているわが家では、当然ですが許されざることとして浮気はあるのです。そのようなわけで日曜日は夜が明けるまで口論をし、明日にでも離婚届けに判を押せという話にまでなっていました。なぜこういうことになるか、力石さんにはわからないでしょうけど、いろいろ伏線があって、ようするにぼくという人間が男として信用されていないということなのです。数日後、われわれ夫婦は相互剝離《はくり》の透明な針にもがきながら、ようやくのことで仲直りをしました。こう書くとあなたはのろけ話のように思えるでしょうけど、緊張と葛藤の崖の終焉を見そうになったことも事実なのです。聞きたくもない話かもしれませんが、こういうことがあったと一応報告することを、ぼくは回避できないのです。

あなたが言うような、ヤスペルス主義を彷彿《ほうふつ》とさせざるをえない、構造されてしまった恋愛を遂行していくことも、もしかしたら可能なのかもしれないけれども、ぼくはヤスペルス的なるものが根底にある恋愛は、それは形を変えた快楽主義のゲームになりかねぬ危険を見るのです。

今思うことは、なぜあなたにめぐりあってしまったのだろうかと。なぜあのときにめぐりあってしまったのだろうかと。なぜ、あのときだったのだろうかと。

会えばパトスは悲劇ではなくなり、歓喜にみちたものと変わり、めくるめくような愛の傷に溺《おぼ》れてしまう。あなたに会うときの歓喜と、そのあとに訪れる苦しみと。ぼくは両者に崩壊しそうになり、混沌とした暗闇に自らをなげうって日々を過ごしているのです。

わたくしという自堕落な存在。それをいつまであなたが罰してくれるのか、この幸福がいつまでもつづけと願いつつ。

霞から届いた長い手紙を持って、私は泣きそうになる。

＊

「なんという文章のヘタさだ……」

あまりの悪文に膝から力が抜けた。添削《てんさく》・校正せずにはおれない。雨ニモ負ケズ　風ニモ負ケズ、道路ニ煙草ノ吸殻ガ落チテイルナラバ　ススンデ掃除スル、ソンナ人ニ、私はナルのだ。私は赤いボールペンを持ってきた。

まず、近所の飲み屋で深酒をしたくらいで「したたかに」はないだろうが。トルツメ。

「昏倒」というのも字面《じづら》がおおげさ。おおげさなのに次が「みんなに迷惑をかけました」とお茶の間ふうなのはなんでしょうね。トルツメ。

「私は涙がとまらなかった」？　なんとまあ軽薄な表現。次の「悔恨と寂寥」で軽薄の上塗り。トルツメ。

「うちの女房」。この「女房」という語がなんともアットホームな。先の「悔恨と寂寥」とのギャップで大マヌケだ。トルツメ。

「産院のレクチャーを二人で受けに行き、陣痛室とか分娩室とかを見学もしたのです。お産に立ち合うかどうかまだ決めかねていますが、陣痛のときくらいは一緒にいようと」か。こういうことを、何で私に言うかなあ。こんなことは夫婦の問題でしょう。それにさ、霞さん。私は強くてたくましいからか、女の臓器である卵巣を神様は安上がりにこしらえちゃったのね。卵巣障害の話、霞さんにしたと思うけど、そんなにたのしい話だった？　それに時制が定まらないから文の流れが汚いぞ。ここは個人的にトルツメ。「浮気は許されざること」なんて、おおげさに書かなくたって。ぼくは浮気をするとたいへん怒られます、でいいよ。簡潔にね。トルツメ。

「ようするにぼくという人間が男として信用されていない」ってのは、気どりすぎてやしませんかね。文法的にもへん。「ぼくという男が人間として信用されていない」なんじゃないの？　トルツメ。

「数日後、われわれ夫婦は相互剝離の透明な針にもがきながら、ようやくのことで仲直りをしました」。ここはケッサク。大笑いさせていただきました。「われわれ夫婦」で「相互剝離」で「透明な針にもがく」ときて、つぎがいきなり「仲直り」ときた。仲直り！　思いきりミスマッチなファンシーな語だ。トルツメ。

「緊張と葛藤の崖の終焉を見そうになった」のは、いやはやなんとも。奥さんが「キイッ、離婚よ」と脅したわけですね。霞さんが離婚届けにはんこをおさない確信あってのデモンストレーションに、そんなに緊張したり崖を見たりしないようにしましょう。霞さんとこってカカア天下なんだね。カカア天下のほうが家庭は円満なんだよ。トルツメ。

よって、添削してまとめれば、

「週末は、沖縄料理の店に行き、泡盛をすごく飲んで泥酔してしまいました。最寄りの駅に行く途中、警官に悪態をついたり他人の缶コーヒーをひっくり返したり、ひどい酔いようでした。ある店のまえでとうとうひっくりかえってしまいました。店の主や客が親切にしてくれ、こんなろくでもない人間にやさしくしてくれるのかと、わたくしはつくづくありがたかった。

たおれこむようにして自宅にもどり、家人に介抱されると、ありがたさともうしわけなさで、とてもつらかった。

わたくしには力石さんと会う時間のほかにもう一つの時間があり(あたりまえですが)、この二つが交錯するときがつらいのです。当然、妻帯者であるわたくしが力石さんと関係をもつのはいけないことです。ただ、わたくしの家庭内にもいろいろと問題はあって、それを力石さんに話すわけにはいかないけれど、あなたに会うときはたのしいのです。役割分担がうまくできるセックスもたのしいです。ゲームにしたくない。あそびにしたくない。でもあなたに会うときのたのしさのあとに訪れる苦しみもあります。わたくしは自堕落な男です。苛《いじ》めてください。敬具」

となる。

「ならいいじゃん。ゼアラーノープロブレム」

文章がヘタな上に、いったいなにを苦悩するのか、私にはわからない。なにをこんなに憂鬱に悩まねばならないのか。なにが悩ましいのか。いつのまに私は哲学者ヤスペルスになったのか。

「なんでー？　読んだこともないのにいつのまにー？」

ピーッ。洗濯機の電子音が鳴った。プログラムが「脱水」まで進んだのに蓋が閉まっていなかったために警告をしたのだ。私が蓋を閉めたとき、ピーッと今度はファックスの電子音が鳴った。

「キロクシ　ヲ　テンケンシテクダサイ」。警告表示が出ている。紙が切れたのだ。新しい紙ロールはどこだったっけと探しているとき、ピーッとつぎはビデオが鳴り、同時に除湿器がフィルターを取り替えろと鳴り、コピー機がトナー液が切れたと鳴った。ピーッ。ピーッ。

それぞれの機械の操作をしながら、ピーッと私の前頭葉でも音が鳴っているような気がした。咽喉でも鳴り、心臓でも鳴り、臍《へそ》でも鳴り、ふしぶしで「回路テンケン、回路テンケン」と電子音の声がしゃべっている。私は、わからないという灰色に対応できない。ファジー機能がついていない。

霞さんの、「昨日会いたかった。今日会えるとわかっていても」や「愛してる。会えない日でもいつもきみはぼくの心のなかに住んでいる」や「きみの夢を見ない夜はない。深夜にめざめてせつなさに電話をしそうになる」や「鏡にうつる自分の背に腹に刻印された火傷《やけど》の痕《あと》を狂おしい思いで見つめ、腕にも刻印されたそれにくちづける」や「黄色い薔薇を赤い薔薇に変えたい」などなどの、そのフランス式には私こそ「ジュテーム！」とフランス式に応えたくなるけど、でもわからない。霞がなにを悩むのかが。業務用の掃除機のように、私は大きくて頑丈でみんな吸い込む。吸い込み、「お部屋の空気をよごさない排気」を出す。

「Ne pleure pas petit garçon.」

イザベルでアジャーニな発音で窓から神保町の方角に向けて言ってあげよう。

霞さん。「快楽主義のゲームにしたくない」とか「あなたと会うときのたのしさとそのあとに訪れる苦しみ」とか、これでは名古屋市のU・Oさんだよ。ふつう、女のほうが男に言うんだよ、こういうこと。悩んでるひまあったら第三セットまでとは言わぬから第一セットをとりあえずすませておくれよ。会ってるときがたのしいというなら、霞さん、あなたは射精するけど、私は射精しないから、フランス式に水に流れようとも、気持ちいいという気持ちはわかんないよ。

「でないと、私はさよならが言えないよ」

やがて誕生するあなたの肉親。それを守るも騎士道精神。私はよりみちでじゅうぶんなの。それでしあわせなの。アルディの歌にもあるでしょう。

＊

あなたは私にもう少し
おしえてくれないといけないわ
なんと言ってさよならを言うか
恋の心は火打ち石
すぐ火がついてしまう
でも私の体は耐熱ガラス
炎におかされない
困っちゃった
もうさよならなんて言えない
あなたは私にもう少し
おしえてくれないといけないわ
どうしたらガラスも割れるのか

＊

「それとも、私は……」

つねに真皮にへばりついている劣等感がリンパ液を濃い色に染め、表皮までしみとおって毛穴から噴出してくる。

「第一セットもすませたくないほど女として劣っているから霞を悩ませてしまうのだろうか……」

こんなふうに考えないようにしようと思えば思うほど、私は自信をなくしてゆき、

「わたくしという自堕落な存在。それをいつまであなたが罰してくれるのか、その幸福がいつまでもつづけと願いつつ」

意味不明の手紙の、この部分だけを見る。

「この幸福がいつまでもつづけと願い」

願ってはいるが、

「つつ」

に、つづけられないと、いう意味をこめたのだろうか。私には、ずるずるした関係を、男につづけさせる女としての能力が欠落しているから……。

*

「叔父なる人」の容体がおもわしくなく、長い原稿も抱え、霞と会っても彼のフランス式時間の使い方にいらいらするうちすぐ時間ぎれとなり、デートの最終回まであと何回なの

かとおそれながら、部屋にもどった。

すこしも暑くならない今年の夏。雨ばかりふる。電話が鳴った。

（また、あれかな）

ここのところ妙な電話がかかってくる。「もしもし」と出ると、しばらくだまり、「もしもし」と再度言うと小さな声でしゃべる。たしかになにかしゃべっているのだが、声が小さく、じいじいと雑音もはいるので聞き取れない。女か男かもわからない。夏になって以来、何度かこの電話がかかってくるのである。

私は受話器を取った。

「もしもし」

「…………」

だまっている。

「もしもし」

「……は……だから……るわ」

聞こえない。じいじいと雑音。

「もしもし。よく聞こえないんです。もうすこし大きい声でお話しになってください」

私が言うと、相手は多少、声を大きくして言った。

「あなたの気持ちはよくわかるわ」

「え？」

相手は女である。あなたの気持ちはよくわかるわ？

「あなたの気持ちはよくわかるわ。××さんという人はね――」

××さんという名前は知っている。霞の妻の名前だ。あの手紙の調子で、言わなくてもいいことを、いや、言うべきではないことを私に話したときに聞いたことがある。

「――あの人は、さっぱりしてそうに見えるけど興信所の人のような人よ――」

ああもう。だれか知らんが、こいつまで言わなくてもいいことを伝えてきやがって。

「もしもし。いきなり切らないでくださいね」

私はできるかぎり平常心をたもとうとこころがけながら、匿名《とくめい》に言った。

「こういう電話のかけかたですから、私は〝どちらさまですか〟とは訊きません。お答えにならないでしょう？　訊きませんから、もう電話しないでください」

「あなたの味方なのよ」

ぶきみな味方のしかたはやめてくれ。

「ありがとうございます。それでしたら月・水・金は慶明医大の内科棟に行って私と看護婦さんの手伝いをしてくださいませんか。実は――」

私は匿名に、えんえんと現在の病院事情や日本の福祉事情や高齢化社会の将来についての不安と愚痴と文句を言い、支援金の振込口座番号までおしえたのに電話はぷつっと切れた。知りたくもない情報だけを与えて。

「なによ、味方だって言ったくせに。役たたず」

私は気分なおしに郵便物の整理をはじめた。

(星野さんからウクレレをもらったら、ぜったい練習しようっと。こんな気分のときのために)

ダイレクトメールと雑誌にまじって、その星野が「狂うほど好きになった」バレリーナから案内状が来ていた。

(例の八月三日のやつか……)

バレリーナは『蒼《あお》いピグマリオン』という題で踊るそうだ。ふしぎの国のアリスの絵のコピーと自分の写真とをオーバーラップさせるようにコラージュした案内状には『あなたの切った指が痛い。わたしは傷つきやすいピグマリオン』とコピーのようなものが書いてあった。

「この人はウレタン製か」

早くウクレレがほしい。背中が痛かった。

＊

背中も臀《しり》も痛かった。八月三日。長い踊りである。

「これ、バレエなの？　劇なの？」

となりにすわっている星野に私は耳打ちをした。

「詩劇と彼女は言ってる」

出演者はひとりである。トウシューズをはいて白いタイツをはいて黒いフレアースカートのようなものを着て踊る。バックに詩の朗読がされる。「根源の」「追求の」「暗闇の」「エロスの」。なぜバレエや舞踏というのは寝たきり老人問題をテーマにしないのだろうか。

「ちょっとなにか飲んでくる」

そっと席をたとうとすると、星野は私の腕をひきつかみ、

「帰らないでくれよ」

と耳打ちする。

「帰らないよ。ウクレレもらうまで」

「わかってる。もう用意してある」

駅のほうに用意してある、と謎めいたことを言う。

「コインロッカー？　まるでギャングの取り引きのようなことを」

入口ぎわのホールに出た。軽い柔軟体操をし、ついでにスクワット運動をし、自販機でほうじ茶を買って飲んでいるとようやく「詩劇」は終わった。

「じゃ、駅にいきましょうか」

星野に言うと、

「ぜったい帰らないでくれよ」

と、私の腕に自分の腕をまわし、ほとんど連行しているようなかっこうで歩きはじめた。

「JR線までいっしょにいってあげるってば。約束したでしょう」

地下鉄大手町《おおてまち》駅に向かって、私たちはぴったりとくっついて歩いていく。

「ウクレレってそんなに高いものではなかったでしょう？　どんなやつ？　今はいろんな色があるでしょう。かわいい色？」

星野に訊くが、彼は答えない。うつむいたままだ。駅についた。

「コインロッカーじゃないんだよ、さる所に用意してあって」

「さる所？　どこ？　楽器屋さん？」

「いっしょに来てくれ」

駅を通過する。

「ここでコーヒーでも飲もう」

星野が立ち止まった所はフェアーモント・ホテルだった。

「いいけど……」

ラウンジで私と星野はコーヒーを飲んだ。また雨がふりはじめている。

「へんな気候ね、今年は。ずっと肌寒いでしょう。四月からずーっと同じ服ばっかり着てるわ。時間がとまってるみたい」

無難な話題にも星野が答えないので、私はだまって窓の外を見ていた。バレリーナとのことで彼は彼の気持ちを整理しているのだと思った。

「ウクレレ、取りに行こうか」

時計を見た星野が、ようやく言い、私はほっとして立ち上がった。

「近くの楽器屋さん?」

「いや、ここに用意してある」

私の腕をつかみ、また連行の態勢をとり、エレベーターのボタンを押す。

「ここの部屋に置いてあるから」

エレベーターのなかで、星野の腕の力はますます強くなった。

527号室。ドアの前で星野の腕の力は鋼鉄のようである。

「たのむからいっしょにいてくれ」

その顔は蒼白になっている。

「もしかして……この部屋にはバレリーナがいる?」

私の問いに蒼白の顔は縦に動いた。

(げー)

と、思うと同時に527号室のドアは開く。

「よかったよ、舞台」

鋼鉄の腕は私を室内に連行する。

「力石くんも感動したって」

バレリーナの前に私をすわらせる。

「え、ええ。し、詩的でした」

しかたがないので私は言った。バレリーナは私の顔をじっと見つめた。

「ふたりとも腹へってない？　ルーム・サービスをとろうか。昼めし食べてないだろ。なにかとろう。な。とりあえずなにか食べよう」

ちょこまかと星野は動き、ルーム・サービスのメニューを手に電話機の前に立つ。

「力石さんはここのホテルのスパゲッティが大好物なんだよね」

いいかげんなことを言い、星野はバレリーナにも、

「ナナはなんにする？」

と訊ねた。バレリーナ、ナナは答えず、

「へえ、力石さんも」

と私の顔を食い入るように見つめ、見つめたまま、

「リョウちゃん、ここのスパゲッティが好きなのはあたしよ。力石さんともここでスパゲッティを食べたの？」

星野に言う。ばかもの、星野良二《りょうじ》。こんな場面で、こんな場面をよけいにやっかいにするような発言をするベスト、キング、教皇、ヘンリー八世以降のイギリス国王、オブ・不注意野郎。

「い、いやいや、そ、そんなことは……そんなことは、その、なくて……」

どもるな。ますますやっかいになるだろうが。

「ここのはうまいってことだよ。とにかくスパゲッティね。あー、もしもし、527号室です。スパゲッティを二つ、ルーム・サービスで」

やけに明るく注文している。

「星野さん、すわったら？　スパゲッティが来るまでさっきの踊りの話でもしましょう」

私が言うと、

「あら、星野さん、だなんて、ずいぶん他人行儀な呼び方をなさるのね。作家ならシラけません？　そういう行動を自分で客観視して」

バレリーナ、ナナは誤解による挑戦的な目を私に向ける。

「あのね、ナナさん。星野さんと私は他人なの。あなたとも他人なの。自分がなんでここにすわっているのか私としても合点が行かないの」

「そ」

ナナは立ち上がり、窓にもたれる。えりかの言っていたとおり大きな窓である。

「リョウちゃん、ここで力石さんもあたしも一石二鳥で事をかたづけようって魂胆？」

「い、いや、それはね、そういうね、かたづけようとかね、魂胆とかね、そういうなにかはっきりした目的あってのことじゃないんだよね、なんというか、ちょっとしたひとときっていうか」

おい、星野。先にナナの、私に対する誤解を解いてくれよ。睨まれてるのはこっちなんだよ。

「力石さんのことはリョウちゃんからいつも聞かされてた……」

さっきの会場から腕を組んでいくところも見たとナナ。それについてコメントしない星野。重油のような空気の527号室。

「ルーム・サービスです」

スパゲッティが二皿、のんきそうに湯気をあげてテーブルに置かれる。だれも手をつけない。雨の音。

「リョウちゃん、あたし、リョウちゃんに離婚してくれなんて言った？」

かなしい顔が星野に向いた。

「いや……わかってるよ……」

星野もかなしい顔をナナに向ける。

「日曜日に会えないのはさびしいって言っただけで、離婚なんて要求してないわ」

「わかってるよ……わかってる。だけど、お互いに惚れてしまえば、そんな状態が耐えきれなくなる。もっともっと相手のぜんぶを欲しがるもんなんだ。許しあえなくなる。そしたら大好きな人間を傷つけてしまう。それはいけないことだと思うんだよ」

「もう傷ついてるわ、あたし。なんでここにリョウちゃんひとりで来てくれなかったの？」

ナナの瞳から涙がつたう。

「そ、それは……俺は、その泣かれるのが苦手で……」

星野は言いよどみ、ドアを開ける。

「ちょ、ちょっと、どこへ行くのよ」

私は星野に走りよった。

「下でコーヒーを飲んでくる」

星野は廊下に出てしまった。

「なに言ってんのよ。ふたりにしないでよ」

私も廊下に出た。

「星野さん、この事態はね、あなたとナナさんがはじめて会ったときからスタートしているのよ。マニュアル的な表面問題じゃなくて」

はじめて見たときからとは言わない。はじめてなにかを互いに感じたときがスタート地点であり、出走か否か、選択するならそこでしかないのだ。律するとはそういうことだ。

「でも星野さんは出走を選択した。彼女もした。手をつないだ。キスをした。そうしてふたりの波長はみごとに重なった」

それでいいではないか。律せなかった者は当然の荷を負うが、それくらい担《かつ》げなくてどうする。荷を前にしておろおろすることは醜い。

「彼女はえりかちゃんのスペアだった？」

「いや、それはちがう」

それだけは星野ははっきり言った。

「ただ、泣かれるのは苦手なんだ……。ナナはきみのように……」

きみのようにやさしくはないんだ、と星野は私の手をにぎり、

「部屋にはもどる。ナナが泣きおわるタイミングはわかってるから」

たのむからきみがいっしょにいてくれ、と私を527号室に押し戻した。ばたん。ドアが閉まった。

「力石さん、いなさいよ。あたしに向かい合えない理由でもあるの？」

「ないですけど」

「なら、いなさいよ。いるべきだわ。あたしと対峙すべきよ！」

涙声であり、強い語調でナナは椅子を指さす。

「リョウちゃんはあたしと別れたいのね」

はらはらと涙がナナの頬をつたう。

「リョウちゃんとデキてるんでしょ、力石さん」

「誤解です」

自分がここに来た理由を、私はナナに話した。

「それがデキてるってことよ。セックスしてないからって、それがなんなの！　そこまでリョウちゃんの心にはあなたが住んでいるのよ。いっそデキてるほうがどんなにあたしは救われるか。あなたに想像できる⁉　この苦しみ」

なによ！　なによ！　ナナは叫び、滝のごとくに泣きはじめた。

「ナナさん」

私はナナを抱きしめ、袖で涙を拭いてやり、

「狂うほど惚れてるって」

星野が前に言ったことを聞かせたが、ナナは泣きやまず、スパゲッティのフォークを摑むと自分の喉に向けた。

「だったらあたしは死ぬほど好きなのよ！」

死んでやるー、と怒濤の涙と叫び。

「やめなさい」

ナナの手首をぐいと逆手にねじりあげ、どんとみぞおちを突く。剣道、なぎなた、合気道、空手、武術の心得が今ほど役にたったことはない。ぽとりとフォークは床に落ちた。

「わーっ」

ナナは私に泣きすがり、

「バカ！　バカ！　リョウちゃんのバカ！」

がつんがつんと私の胸を叩く。星野〜、おぼえてろよ、これはみんなてめえが受けることだったんじゃねえかよ。私こそ、リョウちゃんのバカ、だよ。

(星野さん、あなた、まがりなりにも彼女に惚れたんだろうが。惚れた女がちょっとヒステリックに泣くくらい受けて立てよ！)

私はナナを抱きしめたまま、長いあいだ立っていた。

「ハナかむ？」

私が訊くとナナはこっくりとうなずいた。クリネックスをわたした。

「ごめんなさい。力石さん。あたしとリョウちゃん、わかれなきゃなんないのはわかってたの。だってしかたないでしょ」

でも、さびしくてかなしかったの、とナナはハナをかんだ。

「ほんとにリョウちゃん、狂うほどあたしに惚れたって言ってた？」

「うん。泣いてたよ」

「そう」

やっとナナはほほえんだ。金色にかがやいていた。

＊

かがやく蠟燭の横で霞は私を椅子にすわらせた。天井の高い部屋である。高くて大正時代のような蠟燭立てがついている。

「会うたびにきれいになる」

このフランス式のたびに、いまだに私は噴火とゴジラをやっている。

「外見をほめてくださったのは、これで二回目です」

「おもしろいことを言うんだね」

霞はすこしふしぎそうな顔をした。

「どうして？　いつもいつも心配で心配で心配でたまらなかった。そのことばかり気になって……」

気持ちよくない、とは言えず、第一セットが終わるまでにはまだあるから、これで次回はだいじょうぶかも、と思いつつ、もう夏は来てしまっていると思い、できることならゲーム後にではなく前か中に言ってくれたら今回がだいじょうぶだったかもしれないのに、とも思い、それでもこんなことを言ってくれる霞にたいへん感謝し、もういちど、もう夏は来てしまっていると思い、なにも言えなくなる。

「外見なんて、そんなあたりまえのこと、わざわざ言う必要がないと思ってた」

霞は私のとなりにすわった。

「こうしてずっといっしょにいられたら」

霞の mélancolique。

「燃えないゴミを出したり税務署に行ったりもしなきゃ。仕事もあるでしょ。適材適所ということが……」

話す私の口に霞は手を当てた。

「なんでそんなふうに自分を都合のいい人間にするの？」

「都合よくするって……、それが都合がいいからよ、ほんとに」

手を当てられているのでくぐもった声になる。私は霞の手を持ち、彼の膝の上に置く。

「舞踏会の招待状といっしょなのよ」

「舞踏会の招待状？」

「ええ。このあいだね——」

えりかの銀行の支店が改装し、祝賀会のようなものがあるという。

「お得意さんなんかを招くんだけど、よかったら理気子ちゃんも来ない？　招待状出してあげるわ」

えりかは言ったが招待状は来ない。

「招待状、来ないよ」

私は電話をかけた。

「え、おかしいわね。もうすぐ来るわよ」

しかし招待状は来ない。祝賀会が行われる日は知っていた。自分が行けないこともわかっていた。しかし招待状がほしかった。私はなんどもえりかに催促した。

「招待状が来ないの。くれぐれもお願いね」

「うるさいわね。ぜったい出してるってば」

疎《うと》まれるほど催促した。こうしてようやく招待状が届いた。会は欠席した。こんどはえりかが電話をしてきた。

「なんで来なかったのよ、あんなに催促しておきながら」

「招待状がほしかったの」

水茎《みずくき》の跡うるわしく墨文字で宛て名の書かれた招待状。開封すれば金のふちどりがある厚い紙。ものものしくも簡潔なご挨拶文。あの挨拶文がいい。季節の話題と近況と受け取り人への敬語づかい。まるで盆栽のようによくまとまってきれいだ。

「そうかこの会社は何月何日にこういう催しをするのか、っていうのが金のふちどりの中に書いてあるのを自分の目で見られれば、それでいいの、いえ、それがいいの」

「ふーん」

えりかはそれ以上は訊かなかった。


「――それと同じなの。それがいいの。それでじゅうぶんなの」

私は霞に言った。

「……力石さんは好きな男といっしょに暮らしたくないの？」

霞は私の返事を待たずにつづけた。

「ぼくは好きになったらその女といつもいっしょにいたい。だからいっしょに暮らしたい。部屋にいて、とくになにかをふたりでするわけじゃない。かたほうが本を読んでいて、かたほうはうとうとしていたりする。そうすると、うとうとしている耳に、本のページを繰る音がときおり聞こえたり、聞こえなかったり、そんな時間を持っていたいと思う」

「想像がつかなくて……」

「じゃあ、男と女じゃなくてもいい。病気になって学校を休んだときの二日目。熱も下がって、ごろごろとふとんのなかにいると、よその部屋でなにか音がする。そんなかんじ。あの甘美な時間を思い出してみて」

「よその部屋で音がするって、怖いじゃない。泥棒なの？」

「ちがうよ。お母さんがりんごを剝いてくれてたりする音」

「想像できない」

私にはそういう記憶がまったくないのだ。想像できない。学校を休まなかったわけではない。いくら強い体とはいえ、はしかや水疱瘡《みずぼうそう》という通過儀礼の病気は体験した。そういうときも私は家にひとりだった。

「熱も下がってふとんのなかでごろごろしていて、お母さんがりんごを剝いてくれる音がするって……どんなかんじ？」

「話をはぐらかさないで」

「はぐらかしてないよ」

五年生のとき食中毒になって、洗面器に吐いたものをしまつしようとしてベッドから抜けると、くらくらしてころび、吐いたものをぶちまけてしまい、バケツに水をくんできてぞうきんで掃除した。汚しては家の人に悪いと思って一所懸命に掃除した。

「家の人に悪い？　それどういうこと？」

「よその家にいるような気がいつもしてたの」

掃除しているうちにまた気持ち悪くなってきて、また吐いてしまう。学校に行ってるほうがらくだと思った。だから少々、身体のぐあいが悪いときでも学校を休まなかった。そのほうがずっとらくだった。学校は、ほかのみんなにとっても「よそ」だから。

「よそでない所でけんかをすると、ほかのみんなは兄弟姉妹を連れてきたりするからずるい。よそでなら、条件はタメじゃない？」

それどころか、私の大きな身体と力の強さは有利だ。

「ひごろの不公平感を一気にはねのけて、私、ずいぶん男の子を殴ったわ」

成績の悪い小柄な（＝弱い）、藤枝菜穂ちゃんのパンティを脱がそうとしていた大泉みのるを背負い投げして、黒板にたたきつけた。大泉みのるは怒って私にとびかかってきた。そこを受け身でとらえて殴ろうとしたところに先生が来て制止された。

「話をはぐらかさないで。ぼくらの恋愛についてのことを、ぼくは考えているんだよ」

霞はまた、はぐらかしていると言う。

「はぐらかしてないよ」

私はまた答える。

「はぐらかしてる。はぐらかせば絵空事になってしまうよ、すべてが。この恋のすべてが」

「はぐらかしてないよ。恋とか愛とか、そういう、人と人がまっこうから相手とかかわらなくてはならない行為において、幼年時代の環境はすごく重要でしょう」

「パンティを脱がされかかった藤枝菜穂ちゃんとかいう子がきみの投影されたキタ・セクスアリスだったとでもいいたいの」

「菜穂ちゃんなんか、嫌いだったわ。めそめそしてて、そこそこに裕福な女の子のくせに顔だちが貧乏くさくて、いつも女の子たちは彼女のめんどうをみるハメになるの。笛の練習、算数ドリル、休んだときの給食のパン。パンティを脱がされかかっていやでも逃げもせずにかなしそうな顔をするだけで、今から思えば、あれが日本女性の曖昧な情感ってやつなのかもしれないけど、そんな菜穂ちゃんのパンティを脱がそうとするような大泉みのるは、もっと大嫌いだった」

弱さにぬくぬくと乗りやがって、先生の前では菜穂ちゃんのパンティ脱がせられないくせに、と思った。

「今でも大泉みのるみたいな男が一番許せないわ」

〈たいていの男は大泉みのるだよ〉

これは霞が言ったのではない。大西さんが言った。そうね、と私はそのとき答えた。霞は、

「ふうん。正義感が強いんだね」

と、ただ私を抱きしめた。

「そんな美しいもんじゃないのよ」

「自分を偽悪することはないよ」

「そうじゃないのよ。ほんとのことを直視するということよ。霞さん、あなたいつでも、

絵空事になってしまうとか、絵空事になるのはいやだと言うけど、あなたのいう絵空事ってなんなの？」

「だから……、学校を休んで二日目の昼さがり、よその部屋でりんごを剝くかすかな音がするような、あんな、ひとりであってひとりでないような、いっしょにいる、ということを実感する時間のない男女のつきあいは、ゲームでしかなく、要領よく女とのゲームをたのしむということが、ぼくにはできないんだ……ぼくはほんとうはひとりが好きなのかもしれない」

霞は先年、妻とウィーンに旅行したという。旅先で古い教会に行った。妻は買い物に行き、ひとりで古い教会の地下室に並んだ柩《ひつぎ》を見ていた。地上には生が地下には死があるのだと思った。

「いっしょに旅行に行ってもひとりになりたくなる。ひとりでいるのが、とても好きなんだよ、きっと……」

「ひとり、って……」

私はさらに訊こうとしたが、やめてしまった。はたと気づいたのだ。専業主婦である母を持ち、自宅から通学し、とちゅうで学生結婚し、離婚し、自宅から通勤し、再婚し、孤独などといえばおおげさ、単純に「丸三日以上、80㎡以内に、自分以外の人間がだれもいない状態」を、霞　雅樹は今日までの日々に一度も持たなかったのだと。それは悪いことではない。たぶんすこしも悪いことではない。また、そういう状態を持ったことがあることがいいことでもない。たぶんすこしもいいことではない。ただ、霞の表皮と真皮のあいだの部分で受け止めている「ひとり」と、私のそれはちがっていて、ちがっていることに気づくのはつねにそういう状態を持ったことがあるほうである。気づくともはやなにか彼に話すことは、はてもない疲労だった。

「私はたまに会えればじゅうぶんにしあわせなの」

私は立ち上がった。立ち上がった私の背後から霞の腕が私の腹にまわり、霞の胸が私の背中に密着した。

「ぼくはきみのなんなんだ」

「…………」

名古屋市のU・Oさん、これでは男女転倒ではないでしょうか。私が、奔放で情熱的で自信に満ちた蠱惑《こわく》的な悪女なら構図としてキマるけれども、他人を暗い気分にさせるほど外見に自信がなく、牛肉でいえば「並」の、「叔父なる人」のせわにあけくれる、『週刊文秋』を出してる会社の出版物に高齢処女と書かれてほそぼそと売文してきた女に、世にいう「妻子ある男性」が質問しないでおくれよ。

（トホホ）

の気持ちで、霞の手をなでた。

「愛してる。でも愛せないかもしれない。もしぼくが過去に帰れるとしたら、十七歳のころ、いつも行った映画館の、あの暗い闇のなかだけを望むのかもしれない。そこは自分という孤独と対峙する宇宙の永遠ともいえる闇だった。ぼくにはなにも必要がなかった。あの闇とジャン・ジュネの文庫本だけがあれば生きていけた」

なんじゃこりゃ。添削したい。第一セット10ゲームとつつましやかに願っていた私だけれど、こんなこと言うなら傲慢になってやる。処女は気持ちよくなるのに100回はかかるって。100回するのに一年半くらいか、スケジュール調整こみで二年かそこらか。男はひとりの女に飽きるのに100回だって。ならばちょうどいいじゃん、「人間存在の根源の暗闇の追求の芸術の構造の悲劇のパトスの閉塞の」、このテの語句、ぜんぶまとめて、集合{F}とするなら{F}はどけといてセックスだけしてくれ。{F̄}(=補集合)もまた{F}を存在させるものなり。名古屋市のU・Oさんに、今から思えばこう答えてあげればよかった。きみはぼくの身体だけがめあてなのか、と言われたら、今の私、反論できない。

(うるさいっ。バイブが悩むな!)

こう言ってのけられたら、どんなに世界は理路整然とするだろう。だが、ボンジュール・トリステス、まぶたを閉じる。

「私は……レンタルでじゅうぶんなの」

第十二章　さよならを教えてやる

「叔父なる人」の身体が硬直して、ベッドに寝たまま手足を上に上げ、ピグモンのようになったまま口からあぶくを出している。剝《む》いた白目が恐ろしく、私は叫びながらナース・コールのボタンを押す。ひぃーっ、ひぃーっと彼の口から声のような音のようなものが出て、ぶくぶくぶくぶくぶくあぶくあぶくもあふれる。

「リバウンド発作併発だ」

白い服を着た人が大勢来て、私は病室の床にへたりこんで彼らの足がばたばたと動くのだけを見、ビーッ、ビーッとなにかサイレンのようなものが鳴るのだけを聞いたあと、プップップッツーと電子音がして、そうして「叔父なる人」は死んだ。

遺体は実家には運ばず、葬式は東京ですませた。この「叔父なる人」が家系図でいえばどれくらいの親族になるのかよくわからない。実家で病人を抱えているので、この「叔父」の葬式は私が出した。青山葬儀所の狭い部屋、値段でいえば一番安い部屋に、知らない人ばかりが十人ほど。私の口座に不定期に入金していてくれたのは彼らだったらしい。理気子ちゃん、たいへんだったね、と、それでも私の知らない十人は私の名前をちゃ

んと知っている。うちひとりが、

「小学校の卒業式にいっしょに行ったのおぼえてる？」

と言い、そうかこの人だったのかと、もう白髪の彼の顔を見つめる。彼は亡き祖父と思想系の新聞を発行していたのだそうだ。

「なにかと敵が多くてね、危ないことも多かったから、それでいつも発行元住所を変えて隠れるように新聞記事を作ってた」

彼は思い出話をくわしく話したがらなかった。聞くこともないだろうと私も思った。葬儀所からの別れぎわ、彼は私の手を見せてくれと言い、そうか包帯をまいてくれたのもこの人だったのかと、私は傘を肩にかけ、彼の前に手を出す。

「やっぱり痕が残っちゃったね、かわいそうに」

「どうも……」

私は傘を持ち直し、彼に頭を下げた。彼はなぜか自分の傘をたたみ、雨のなかで私に敬礼をした。きっとそれが彼のやりかたなんだろう。それだけでじゅうぶんだった。部屋に帰った。

帰るとすぐ電話が鳴った。

「理気子ちゃん、コモエスタ」

絵描きさんだった。スペインからである。ひと呼吸してから、

「こんにちは。お元気ですか」

挨拶をした。

「ビエン。本国では皇太子さまがご成婚されたそうで。パレードに行ったりしたの?」

「いいえ……」

「そう。でも新聞やTVのニュースや、いろいろとにぎやかだったでしょう」

「……たしかに祝賀の式典は日本で行われました……」

受話器の向こうにあるヨーロッパと日本の時差を、ふと私は考えた。地球の回転のつごう上、日本のほうが五時間ほどはやく未来へとすすむ。

「どうしたの? ぼんやりした声で。疲れてるのかな。こっちはまだお昼なんでごめんね。式典は五月のことだものね、ちょっと話題が古かったかな」

「すごく……」

皇太子さまのご成婚。パレード。たしかにこの祝賀の式典のニュースを新聞やTVで見た。五月だった。三カ月しかたっていないのに五月はなんてむかしのことに思われるのだろう。まるで三年もたったような、すごくむかしのことに……。

「え、すごく古い? そうかなあ。どうもこっちにいると日本にいるみたいにめまぐるしく興味の対象を変えないから……」

「あっ、いいえ、ちがうんです。その、今年は日本はすごく雨が多くて、春から雨ばかりで季節感がなくて……夏になっても寒くて……」

変化のない気温は、霞との時間に制限がついているトリステスを軽減し、つねに「まだだよ、まだあるよ」と私を慰めた。だが、まちがいなく時間はたっていたのだ。

「皇太子さまのご成婚の話題を出されて、五月がどんなにむかしのことだったかわかりました」

まだ立春にもならぬころ、古いコートを着て私は絵描きさんの個展のパーティに行ったのだ。

「おいおい、理気子ちゃん。いくら時差があるからって、こっちが何カ月もむかしなわけじゃないよ」

絵描きさんは笑ったあと、遠くかつ鮮やかな名前を口にした。

「じゃあ、前にほら、きみが訊いてきた澁澤くんのことも忘れちゃった？」

澁澤龍彥。まばゆいくらいのあの糸を私は摑めなかった。いや摑まなかった。世界は人口の数だけの時間で紡いだ手鞠のようなもの。

「いいえ。おぼえています」

遠くに過ぎた時間をなつかしみ、私は答えた。

「彼のことね、ちょっとわかったんだよ」

『セ・マタンノワール』に彼を連れてきた人物の知り合いの、そのまた知り合いの、そのまたまた知り合いがスペインの絵描きさんの家を訪れたそうだ。

「バイクが好きで土方やりながらバイクに乗ってたんだって。それが……」

そう言ってから絵描きさんの声がやや沈んだ。

「死んだんだよ」

「死んだ？」

「ああ、くわしいことはわからないけど」

「死んだって、あの、二輪のレース中かなんかに？」

「いや、そうじゃないみたいだ。そういう公式のレース中のことじゃなくて、ニースからモナコに抜ける道でたまたまかかわりあいになったフランス人だかだれだかと競走して……事故で」

ごくごく小さな記事がフランスの新聞に載っていたのを、絵描きさんの知り合いが見たのだそうである。

「気の毒に。まだ若かったんだろ、その子」

「二十六歳って言ってた……」

「暴走しちまったんだな」

霞の手紙を添削しておきながら、自分は軽薄な表現を使う。涙がとまらなかった。受話器を持ったまま私は泣きつづけた。

「……理気子ちゃん、そんなにその子と親しかったの？　どういう人かをぼくに訊いてきたくらいだから、てっきりぼくはさして親しくなかったんだと思ってて……」

「いいえ、親しくありませんでした……」

なぜ泣くのだろう。なんのための涙なのだろう。トリステス。tristesse《かなしみ》。

「ただキスしただけです」

「そうか……」

そうか、そうか。絵描きさんはくりかえしたあと、だまっていた。

「その子が死んだことだけじゃなくて、なにかいろんなことを思い出したんだね」

だまったあと言い、またたまった。私もだまっていた。長くだまったまま、国際電話のラインだけが五時間の時差を越えてつながっていた。

「……ぼくが行ってた小学校は……ああ、大連だったんだけど……家からけっこう距離があってね、学校からの帰りに料理屋によくよりみちしてね。料理屋の小僧さんというのか従業員というのか、ぼくより五歳ほど年長の中国人の男の子がいて、いつもぼくが店の前を通りかかる時間になると表を掃《は》いてて、そのうちその子についてて店の台所や裏庭に入るようになったの。ことばがわからないから、その子のうしろにいるだけ。その子のすることをただ見ていた。長いこと道草くってたよ。帰るのが遅くなって叱られるほどね。店のおやじさんがその子に命令する、その中国語を聞いたり、その子がてきぱきと皿を洗うのを見てると飽きなかった……」

なんでこんなこと思い出したんだろうな、と絵描きさんは言い、

「いつかスペインにいらっしゃい」

電話を切った。それだけでじゅうぶんだった。

*

二人の死人が出たあと、霞の子供が生まれた。明日から九月になる。

はじめて会ったときに待ち合わせた、各テーブルに花をかざった「すかしやがった喫茶店」に行くと、霞はすでに来ていて、その顔はまったく別人の顔だった。まったく別の。まったく。

(秋が来た)

私は思った。ついに第一セット終了できずに、秋が来た。

霞さん、ここはあなたもさいごまでフランス式でキメてね、ジ・ミ・カバレロ、勇敢な騎士。それでじゅうぶんだから。

私は席についた。

「力石さんのとこ、ぜんぜん電話がつながらなかったね」

テーブルの上に『ユリイカ』が置かれている。

「役所や病院や葬儀屋やらをまわるのが忙しくて」

「でも忙しいのはある意味でいいよね」

霞さん、どうかさいごまで、フランス式でいてくださいね。フランス式にはフランス式のプライドを見せてね。私のバスチーユに白旗をあげさせてね。

「ちょっとへんな電話がここのところつづいてるんだけど」

無言電話が頻繁にかかってくるという。

「うちのが出るとなにか言うらしくて、その内容はすべての負のエネルギーが存在を否定し、いかにして、いま、ここにある認識を崩壊せんとするかのような電話で……」

集合{F}がつづくので、私はこれからまた行かなくてはならない葬儀屋やら役所やら病院やら保険会社やらのことが気になった。気になっているところに、

「その電話は力石さんじゃないかと思って」

霞が言う。私はバスチーユのてっぺんから転落しそうな気分がした。

「あの、霞さん、私ね、じつは叔父が亡くなったんです」

葬式を出すということの、あの忙しさは、おそらく死者のためというより、残されたもののかなしみを忘れさせるものであろう。しかし、「叔父なる人」と私の関係では、葬式の儀式遂行とそれにともなう公的機関への手続きのなか、ただただ、その煩雑《はんざつ》さにめまいのするほどの忙しさを感じるばかりだった。そして忙しさを感じる自分が「叔父なる人」

に対して失礼であるように思われ、自分を戒《いまし》め、するとまたよけいに忙しさが増すのだった。そうしたさなか、どこに無言電話をのんきにかけていられる時間があるというのだろうか。ましてや私は霞の電話番号も知らぬというのに。地下鉄のチューブのどこかに、三カ月たった今もあのメモ紙は散っているのだろうか。

「叔父さんですか、それなら責任はあまりないでしょうから、で、そのいやがらせ電話というのは――」

霞はいやがらせ電話の説明をしていた。私は「叔父さんですか、それなら責任はあまりないでしょうから、で……」という霞の言い方について考えていた。

「叔父なる人」は私が彼の存在を知った時点ですでにボケて寝たきり状態だった。現在の日本の医療状況では彼のような状態の者を入院させておけない。件《くだん》の団体からなんらかの手だてがなされ、入院できていた。私は彼がどういう人生を送ってきたのか彼の口から聞くことはできなかった。どういう人生を送ってきたかも知らぬ私だけに末期をみとられるのは不幸だったただろうか。「不幸だったにちがいない」と、葬儀中は自分のいたらなさを責めたものだが、今、霞を前にして、そのようなことはだれにもわからないと思いなおす。「叔父なる人」にかぎらず、だれの人生についてもそのようなことは、だれにもわからないのだと。明らかなのは、人の死を告げる者に対する霞の、「そうですか、で、いやがらせ電話というのは」という言い方が失礼なことである。

「――そのいやがらせ電話は、表層の部分における、いわば超越した疎外に相手もこちらも負の強靭なエネルギーでむすびつけようとする、観念上の妄想ともいうべき廃墟の……(FFFF)……で、だからあなたはぼくをうらんでいるのでは？」

霞が訊き、私は、しばらく彼の顔を見ていた。顔も変わったが髪形も変わっていた。スキンヘッドではなくなっている。髪の毛がはえている。剃らない頭部を見て、彼の髪はたいへん薄いのだということを知った。

アナタ　ハ　ボクヲ　ウランデイルノデハ。私は胸のなかで復唱した。私はたしかに、ある男たちをうらんでいただろう。バレリーナを選んだ者たちを。「重いーっ」と言って苦笑《にがわら》いした者を。大泉みのるを。もしかしたら「あんたでは勃たん」と言った大西さえも。自分に分相応なささやかな願いしか抱いていないのに、それすら「否」と烙印《らくいん》を押された傷を想像さえせず、「否」と私に宣言することで自己の保身をし、自分が純潔であると錯覚できるその弱さを、私はうらんでいたのだろう。

そしてそれをそのまま、自分の生まれ育った環境だと思った。その環境に生まれ育つべき罪が自分にあるための罰だと。すべてが自分の罪であり、すべてがその罰だと思わざるをえないことこそが、私の生まれ育った環境だったのだ。だがその環境は、だれかひとりが作ったものではない。だれのせいでも作為でもない。世界は人口の数だけの時間が紡ぐ手鞠。手鞠の上で、たまたまそうした環境に生を受けたとしたら「それもまたアリ」なのである。乞食の家の子として生まれつき、葡萄酒《ぶどうしゅ》がほしいと思ったならば、乞食の家の子に生まれつかなかった子よりも、葡萄酒の獲得には労力も時間もかかる。かかるからと手をはなせば、その子は永遠に乞食だ。

「うらんでいませんよ」

私は霞に言った。ベラミー！　シャンゼリゼ！　と、五月から夏まで、今だって心から叫びたい、そんな思いになることなど、一生自分にはないと思っていたのに、彼だけが私にくれた。

剣道と合気道となぎなたと、空手と行進、釘入り雪玉。食中毒の日にも学校に行くほうがらくだと思えるほど「ひとり」の頑丈な身体。「あなたは大事な友人です」の残酷さと「重いーっ」の苦笑いの浅薄さ。ガスの点検、漏電の点検、来るたびにあわてて隠すアッシュな自著、アッシュな写真。病院の屋上で空想するしかない「つきあう」ということ。それでも求められる雑誌やＴＶの恋愛についてのコメント。わからないと言えば言ったでぜったいに信じてもらえぬ年齢と職業。霞だけが、ただ霞だけが女として私を見てくれた。澁澤龍彦はどうであったか、ご縁がなかったゆえに、選択しなかったゆえに、今さら仮定は意味がなく、ただひとり霞だけが、なんら怖がることなく、私を、女として見てくれた。頬から首から鎖骨から、火が出る噴火の甘いささやき、ゴジラが来てもうれしいの、しあわせしあわせそれだけで、それだけでじゅうぶんに私はしあわせだったよ、Ça m'suffit.《サムツフィ》

いったいなにを？ なにをうらめというの、なにをうらめと。

「霞さん、私はあなたと会っててたのしかったわ。霞さんはたのしくなかったの？」

ここはもう形而下に、ムッシュウ、どうかキメてくれ。どうかラストはマドモワゼルにフランス式さりぎわの演出、キメにキメて言っておくれよ。

「たのしくなかったかって……それは」

「私はたのしかったわ。霞さんはたのしくなかったの？」

「あなたはことばを信じる人だが、ぼくは信じはしない。ことばは本質をほんとうに伝えるだろうか。パロルとラングの相互剥離が空虚な意志疎通の根拠となりつつある現代の空間でたのしいときもあった、たのしくないこともあった、と言わざるをえないというのは、ぼくにはいつも二つの時間が流れていたからにほかならない……以下集合{F}{F}{F}{F}{F}」

あしびきのやまどりの尾のしだりおの長々しきみ、「添削したろかワレ」とたのむさかい私に言わさんといてえな。

{F}、{F}、また{F}。{F}、{F}、{F}。どうして自分の手で摑んで嚙んで食べたことばで話さないのかな。こんなにきれいな歯をしているのに。あの小学校のときの話、お父さんに連れられて大阪に行った話、「いっしょに遊んだ草薙佳代子ちゃんが、自分のことを〝うち〟、〝うち〟っていうのがなんのことかわからなくて」と語った霞。あのとき彼はたしかに語った。あのときは。

＊

どんないいわけであっても
私たちはセックスしたの
私の身体は耐熱ガラスだったけど
それは言わぬが花でしょう
あなたの身体は最高だったと
だれに訊かれてもそう言うわ
だってジ・ミ・カバレロ
騎士道とは礼儀作法と学びたり
自分が恥をかいても
相手にだけは恥をかかさないことと
学びたり

＊

フランソワーズ・アルディ（Ｈａｒｄｙ）も、ここまでうたってほしかった。オテル（Ｈｏｔｅｌ）でオム（Ｈｏｍｍｅ）がアッシュ（Ｈ）して流れる音楽はアルディ。【Ｈ】

が発音できないなんて、フランス人、どーやって笑うの。

私はしあわせだった。霞さんもしあわせだった。つかのまのことでしたがありがとう。これで霞さんがテーブルの、ここにかざってあるカトレアを、ここぞフランス式の腕の見せどころ、一輪抜いて額の斜め横でくるりとまわせばパリのエスプリ、モンマルトルに鐘は鳴り、白い「FIN」にラストの音楽。カトレアの花ことばは「きみは美しい」。不《レン》倫《タル》は、子を見ず泣き見ず金いらず。おおムッシュウ、都合がよすぎると思わば思え、ホトトギス。

だが霞はもごもご口を動かすだけだった。

「あなたと会ったことは許されざることであり、すべては内密にするべき根源的な拘束があるから、どうか内密に、内密に……以下集合｛F｝｛F｝｛F｝｛F｝｛F｝｛F｝｛F｝」

「……。｛F｝はけっこうです」

私は立ち上がった。〈夜明けの鐘はKOゴング、立たなきゃ昨日に逆もどり〉って、あんたも万博のころにこの歌聞いただろうが。

「なにがジャン・ジュネよ、ヤスペルスよ、そんなもん知らんわいっ」

立ち上がって私は怪力、力石理気子。こぶしをにぎり、〈このさいひじを左わきの下からはなさぬ心がまえで、やや内角を狙い、えぐりこむように〉、

「打つべし！」

グワッシュ。霞の顔にこぶしが命中した。ぷわーっと鼻血が『ユリイカ』に飛ぶ。力石理気子、ランボーだ。こいつなら原書で読んだぜ。

「ミーはおフランスはきらいザンス。シェーッ！」

シェーをして、私は喫茶店を出た。


「ダイアモンドのような人だった」

混雑する道路を歩きながら、ちゃんと【H】を発音して笑う。

霞　雅樹はほんとうにダイアモンドのような人だった。夢ばかり見ていたスクールガールのころ、懸命にやった旺文社　英文標準問題精講。

練習問題【8】。ニュートンと飼い犬の逸話。

【8】Just as the destruction by fire of his papers was complete, Newton opened the chamber door, and perceived that the labours of twenty years were reduced to a heap of ashes.
There stood little Diamond, the author of all the mischief. Almost any other man would have sentenced the dog to immediate death. But Newton patted the dog on the head with his usual kindness, although grief was at his heart. “O Diamond,

Diamond," exclaimed he, "thou little knowest the mischief thou hast done!"

—NATHANIEL HAWTHORNE, *Biographical Stories*

〈解答例〉

書類が完全に焼失したとき、ニュートンは部屋の戸を開いて20年の苦心の結晶がただの灰になってしまったことを知った。このいたずらの張本人たる無邪気なダイアモンドが立っていた。ほかの人間であったら、まず例外なく、犬に即時の死刑を宣告しただろう。だがニュートンは心のなかではがっくりしていたものの、いつもと変わらぬやさしさで犬の頭をなでた。「おお、ダイアモンドよ、ダイアモンド。おまえは自分がなにをしたのか、なんにも知らないのだよね!」と大きな声で。

(原　仙作著/旺文社刊　英文標準問題精講　初期10日間　練習問題より)

ニュートンの飼っていた犬のように、霞にはなんの悪気もないのだ。鼻血を『ユリイカ』にたらしながら、「フ、おれは悪い男だ……」と思うことだろう。

「おお、よしよし、ダイアモンド。おまえにはちっとも悪気はなかったんだよね」。

標準問題精講をやったとき英語の先生は「いい訳だ」とほめてくれたものだ。

「骨折はさせなかったと思うが……」

一応手かげんした。ポケットから左ストレートを打った手を出して、私は秋の太陽にかざした。七つ転んで恥多き、そんな人生、送ってやらあ！


〈了〉

文庫版あとがき

本書は『ドールハウス』『喪失記』（いずれも角川文庫収録）につづく「処女三部作」の完結編である。

〈書店店頭にて、あとがきや解説から先に読む読者も多いので、三部作であることを告げるのはためらう。その長さを知り、本書を買う手を引くのではないか〉との旨、先の二作品のあとがきにも書いたが、やはり今回も書いておく。なぜなら「三巻」なのではなく、あくまでも「三部作」だからである。

〈三部すべて、主人公は処女である。だが三部ともすべて、主題は処女ではない。各部によって異なる。年齢も職業も時間も異なる。主人公の名前も、理加子、理津子、理気子、と変化してゆくように、主人公をとりまいている背景も異なる。よって各部を独立した作品として読めるようにした〉とも、先の二作品のあとがきに書いた。つまり「バラ売りも可」ということである。

＊

しかし、せっかく三部がそろって文庫化したのだから、今回は、三部作完結編としての本書のあとがきを書こう。

「処女三部作」というのは、三部ともに主人公が処女だから(てきとうに)つけたシリーズ名(?)である。「こてこての私小説三部作」でもかまわなかった。

こてこての私小説というのは、小説家である以上、一度はやっておかないといけないような気がした。文章芸術を志す者の使命だとかなんとか、霞　雅樹(本書登場人物)のようなことを言うつもりはない。むしろ私事から離れるように工夫するのが小説家の精進だと思う。

といっても、自分の体験や感受性を無視すべきだという意味ではない(そもそも、そんなことは小説家にかぎらず、どのような人間にも不可能である)。自己の体験と感受性を踏切台にして展《の》ばすということだ。展びた作品には二通りある。

ひとつは「物語の枝葉はすべて、その著者の事実の体験談なのだが、全体としてはまるっきり架空」のもの。いまひとつは「物語の枝葉はまるっきり架空なのだが、全体としては著者の体験を伝える」もの。そしてどちらの型にせよ、普遍的な心情なり、真実なり、共感なりにより、読者をエンターテインさせ得る(読者それぞれの趣味嗜好《しこう》の差はあろうが)。いかに展びるかに、小説家の精進はある。

しかし、一度は「こてこて」をしないといけないような気が、私は、した。自分の場合に限ってのことだ。「こてこて」をしておかないと、自分の内《うち》でけじめのようなものがつかなかったのである。たんなるこっちの都合である。たんなるこっちの都合といえども、公共の場で出版する以上は、読者を日記につきあわせては申しわけない。私小説であっても日記であってはならない。とすれば、各部において「物語」が必要である（推理小説や冒険小説ではないので、ここでは〝そこはかとない〟という形容が上につくものの）。

また、自分以外の人間に迷惑がかからぬよう登場人物には変装させたり、複数の人物をつぎはぎしたりして特定できぬようにしなければならない。体験的事実を背景に用いるにしても刈り込みが必要である。

『ドールハウス』が三部中では、事実度が最も高い。『喪失記』は全編が内省的なので、カムフラージュにはあまり神経質にならなかった。『レンタル』は、オールラウンドに気をつかった。

いっぽう、各部ごとではなく、三部全体としてのまとまりも考えておかねばならない。一部、二部、三部の順に、物語的スタートと着地をなしていなければならない。

このような点をふまえ、第一部『ドールハウス』の理加子は未熟であり、家の中にいる。第二部『喪失記』の理津子は、理加子より冷静であり、家からは出ている。さらに本書完結編の理気子は、思考するだけでなく行動し、登場人物（すなわち外界、社会）も広くなっている。

理加子、理津子、理気子はそれぞれ、別の人物であると見てバラ読みもできるが、同じ人物と見て、一種の成長小説とも読めるように構成した（つもりである）。

処女が主人公だからといって、成長（成熟）するとは、性的体験の増加を指さない。成熟するとは、笑いの種類の数が増加することである。

俗に「おんなこども」と言う。「婦女子」という。まったく婦女子は、ものがなしいのが好きだ。そう言って男は見下す。しかし、なんのことはない。男も、ものがなしいのが好きだ。性差ではない。成熟差である。怒濤《どとう》の風当たりを覚悟して、さらに言えば、知性差である。

知性の低い霞　雅樹（彼のような人間がもっとも知性から遠いところにいると思うが如何《いかん》）は、笑いを見下す。ましてや、拷問でもされぬかぎり他人を笑わそうとはしまい。霞の感受性は「泣けるもの＝高尚、笑えるもの＝低俗」という肌理《きめ》の粗い判断をする。

「軽い＝明るい、重い＝暗い」といった浅薄な判断ととても似ている。重くても明るい場合もあれば、軽くても暗い場合もあるのに……。

だが、霞　雅樹は馬鹿だと、彼（側《がわ》にいる人間）だけを責めるわけにもいくまい。事実、低俗きわまる笑いがある。しかも多い。低俗な涙もあろうが、涙より笑いのほうが、はるかに綱渡り度が高い。左に転落すれば低俗の沼、右に転落すれば高尚の羽布団。すれすれ、ぎりぎりの綱渡りをつねに課せられる感受性が、笑いである。霞雅樹はダイアモンド

（注・本書で言うところのダイアモンド）のような人柄なので、感受性に、笑いの種類や、笑いの奥にある陰影に対するセンサーが付いていないのである。感受性がつるんとしている。

　未熟な理加子が主人公の『ドールハウス』には、笑いがない。ただ、最後に彼女は「パンのピノキオ」というまずいパン屋を思い出して笑っている。

『喪失記』の理津子は、終始、自分を嗤《わら》っているグロテスクさがかなしい…かも…（？）。〝哀れブス、大人のオモチャに処女ささげ〟という漫才師のギャグを、〝ああ、私のことなんだなあ〟と自分で自分をぼんやりとながめている場面に象徴されるような悲喜が。

　ある医者の説によると、女性の特徴として、ステージから芸人が「今日のお客はブスが多いなあ」と言うと彼女ら（の殆《ほとん》ど）は笑うのだそうである。自分のことだとは絶対に思わないから笑えるのだそうである。では理津子は、芸人がこんなことを言ったら「ああ、私のことを指しているのだ」と思うような男性的な女性であり、だから彼女は自分は女性としてなにかを「喪失」していると感じ、自分を自分で終始嗤っている。

　しかし、男性的なと今、言ったが「今日のお客はぶ男が多いなあ」と芸人が言ったら、男性客（の殆ど）はしょんぼりするのだろうか？　三部作を出したあと、最も困惑したのは、男性（の殆ど）が、「異性とつきあったことがない＝ぶさいくな外見」「三十歳をすぎても処女＝ぶさいくな容貌《ようぼう》の女」「武道をやっていた、長身＝かたぶとりの女」という短絡でしか主人公のビジュアルを想像しないことだった。芸人への反応例は、私には性差ではなく個人差のように思える。かくして完結編の主人公、理気子は自己と外界のバランスを保って笑うのである。

右のような、男性の短絡があまりに多いので、二部、三部と進むにしたがって、短絡を是正させる表現（人物の外見にかかわる表現）を織り込まざるを得なかった。が、一人称なので限界があり、作業は困難を窮めた。だんだん短絡に腹がたってきて、三部目など理気子役にクローディーヌ・オージェを（勝手に）起用した。それでも、クローディーヌ・オージェ本人が「自分は美しくない」と思っているのだから、是正のための表現には限界がある。かえって混乱させたかも（？）。

＊

『レンタル』は各章題が、歌なり楽曲なりにちなんでいる。章題に用いたのだからむろん、各章のシーンとゆかりある選曲になっている。BGMとでもいえばいいか。

第一章「こめんてゅ　でぃ　あでゅ」はフランソワーズ・アルディの「さよならを教えて」のさびの部分が日本人の耳に聞こえる音であるし、二章「恋のバカンス」はザ・ピーナッツのヒット曲。三章「ゴンドラの唄」は吉井勇作詞の愛唱歌。四章「チゴイネルワイゼン」はサラサーテ作曲のバイオリン曲。第五章「月の法善寺横町」は藤島桓夫のヒット曲で、理気子はこれと藤圭子「圭子の夢は夜ひらく」も歌っている。六章「森へ行きましょう娘さん」はポーランドの民謡。ちなみに「もう森へなんか行かない」というアルディの歌もある。七章「バーン」は、ディープ・パープルの曲と擬態語をかけている。九章「いっぱいキスしよう」は山下久美子のヒット曲。作詞は康珍化。十章「ロゼット洗顔パスタの歌」は、曲名ではない。「あーあーあー、いやンなっちゃった」とウクレレを弾きながら牧伸二がCMソングを歌った商品がロゼット洗顔パスタだ。十二章だが、「さよならを教えてやる」という曲はない。教えてやるぜという気合であの子守歌（先にあとがきを読む人がいるから正確な題名をここに記すのは避けよう。『××ーの子守歌』）を耳に思い出していただければと……。

さて三部中、もっとも頭脳労働を要したのが『レンタル』だった。錆《さ》びているどころか、風化しているフランス語力に鞭《むち》打ち、学生時代の教材をおさらいし（にもかかわらず文庫化になった現在、すべて風化……どころか削除されたが）、サルトルと丹下段平の顔を見比べつつ構成を練り、二十四時間、本当に一分、一秒、すべてこの作品を書くためにのみ暮らしていた。寝ていても、とちゅうでがばと目覚めて枕元にある紙にメモし、食事しているときも歩いているときも、頭の中は原稿用紙だった。よく交通事故にあわなかったものだと、幸運を今では心から感謝している。

そのうえやっかいだったのは霞の{F}の部分である。自分が最も嫌悪する種の悪文を、自分が作成しなくてはならない気持ち悪さは並ではなかった。

忘れもしない一九九五年の十二月三十一日。髪はばさばさ、スリッパもちぐはぐのまま、すでに千枚以上書き直している最中にかかってきた電話。「帰省してないの？　これから飲みにこない？」。こんなふうな、〃カジュアルな誘いの電話が、ふとかかってくるようなライフスタイル〃に、私はずっとあこがれていた。電話の主は、仏像蒐集家としても有名なイラストレーターと編集者。なんという華麗で都会的な〃ふと電話がかかってきた状況〃だったのだろう。にもかかわらず、「それどころじゃないっ」と私は怒鳴った。「なんだー、原稿書いてんの？　どこの社の？」「お宅んとこの！」。

世界は人口の数だけの時間で紡いだ手鞠《てまり》のようなもの。ひとりだけのおもわくではどうすることもできない。それでも、いや、だからこそ、邂逅《かいこう》の綾《あや》は、小さなものから大きなものまで、浅いものから深いものまで、すべて妙であるのだ。

*

角川書店・書籍編集部の宍戸健司さん（注・大晦日《みそか》に電話をかけてきた編集者ではない。その人は別部署の人。念のため）には、『ドールハウス』『喪失記』の文庫化にあたっても、本書『レンタル』の『野性時代』一挙掲載のさいにも、長きにわたり、公私にわたりずっとお世話になっております。同編集部の五百田達成さんにも文庫化にあたりお世話になりました。ここに御礼申しあげます。

そして、いつも励ましてくださる読者の皆様、本書をお買い上げくださった皆様にも、厚く御礼申しあげます。ありがとうございました。

21世紀1月　姫野カオルコ

解説

斎藤美奈子

●姫野カオルコのよい読者はだれか

作家の力量は書き出しを読めばだいたいわかる。とかなんとかわかった風なことをいう人がいるけれど、姫野カオルコは侮れません。最初だけ読んでもだめ。解説から先に読みはじめたあなた、冒頭の七、八行を読んでから、またここに戻ってきてください。

はい、読んできましたね。どんな感想を持ちました？

なんか安っぽいポルノ小説みたいだった。

そうでしょ、そうでしょ。それ以外の感想は持ちようがありません。

本編を読んでから解説に突入したあなた、笑ってやりましょう。冒頭部分が不出来なポルノに見えるのは当たり前。だってそこは『週刊文秋』の「レディの雑誌から」に転載された女性誌の読者投稿（という設定の文章）なんだから。野暮を承知で解説すれば、もちろんこれは『週刊文春』の定番コーナー「淑女の雑誌から」のもじり。女性誌レベルのエッチってこんな感じじゃございません？　というパロディになっているのです。

擬態が上手《うま》すぎるのも、こうなると考えもの。書き出しがああで、書名がこれで、帯の惹句《じやつく》が誤解に拍車をかけるうえ（一九九六年に出版された単行本の帯のコピーは「さよならを教えて」でした）、甘〜い装丁（だったのです単行本では）しかもだめ押しの一発で作者の名前が少女漫画の主人公風。しめて誤解の5乗。5乗すれば10の誤解も10000になる。「しゃらくさい不倫小説」だと思われますよね、そりゃ。

そんなわけだから、最初のほうだけ読んで「こりゃあかん」と判断し、姫野カオルコと接近遭遇しそこなった人は、たいへんな損をしたことになります。

最初にはっきりさせておきましょう。冒頭の数行で「こりゃあかん」と思ったあなたこそ、じつは姫野カオルコのもっともよい読者なのです。

●『不倫《レンタル》』はただのラブコメか

さて、本編の主人公は力石理気子。りきいし・りきこ。たいそう力強いお名前です。名前だけじゃなく、本当にも力が強い。身長一七〇センチ。空手と合気道と剣道となぎなたの有段者です。軍国主義にどっぷりの祖父の方針で、幼少のみぎりから武術を仕込まれた彼女は、半径三〇センチ以内に人影が入ってくると、反射的に武術を使ってしまう訓練がされています。男とも常に一定の距離をおいてきました。それがたたって、三四歳の今日までセックスをしたことがない。つまり彼女は「処女」なのです。

皮肉なことに、彼女の職業はポルノ作家です。学生時代に賞をとって作家デビューした彼女はその道十数年のキャリアの持ち主。現在もペンネームで「フランス書林文庫」に官能小説を書き続けています。腕のいい彼女には読者をイカせる術がある。が、官能的な用語の数々も、彼女にとっては仕事でしかありません。

力石理気子の当面の願望は「ヤリたい」。ひとまずこれだけです。「ヤル」ために必要な手続き（のことを人々は恋愛と呼びます）はできれば手短にすませたい。

そんな力石理気子の前に、ついにカモとなる男が出現します。しかも二人も！　さあさあさあさあ。はたしてみごと大願成就となるでしょうか。

こうしてみると、主人公の設定もストーリーの展開も漫画チック。軽いタッチのコメディみたいな感じです。じっさい、軽いコメディとして読むだけでも、これは十分楽しめる小説です。しかし、書き出しから想像できるように、もうちょっと理屈っぽい深読みも可能なのが姫野カオルコの特徴。『不倫《レンタル》』は非常に批評性の高い作品でもあるのです。

●『不倫《レンタル》』は「世の恋愛」を映す鏡である

考えてみてください。私たちは「恋愛」の名のもとに、どれほど多くの「お約束ごと」を実行しているとでしょうか。たとえば、そうですね。気になる相手と二人になりたいがために「伊勢丹美術館でジャン・コクトー展をやってて、チケットが二枚あるんだけど、どうかなと思って」と誘うとか。この場合の「ジャン・コクトー展」や「チケット二枚」は空々しい大義名分にすぎません。見れば顔には「あなたとセックスがしたいです」と書いてあります。しかし、誘う側が誘う側なら、誘われた側も誘われた側。お腹の中では「おっ、来たぜ。待ってました」とガッツポーズを取りつつ、表面上は「そうねえ、じゃあせっかくだから」などと答えます。

これ、あまりに当たり前の光景すぎて、だれも問題にしませんが、考えてみると不思議じゃありませんか？　そんな欺瞞《ぎまん》的な手続きなしで「セックスしましょう」「はい、そうしましょう」でもいい。だれもそうしないのは、みんなの頭の中に「映画や食事や展覧会に誘うのは、恋愛作法上の第一段階である」という情報がインプットされているからです。

バージンであるがゆえに早くやりたい力石理気子は違います。彼女にとって、そんな「恋愛」は、まだるっこしい「手間」でしかありません。彼女は考えます。

〈恋愛は電通だ。そうだ、広告代理店が恋愛なのだ、きっと〉

終始一貫、単刀直入でありたいと考える力石理気子は、私たちが「恋愛」と呼んでいるものの陳腐さを、みごとにあぶりだしてくれます。

●『不倫《レンタル》』は「恋愛小説」を映す鏡である

人々が恋愛をするようになったのは恋愛小説ができたからだ、という説があります。恋愛があったから恋愛小説ができたのではなく、その逆だというのです。

そんなことを思い出させてくれるのが、主人公の前に現れた男、霞雅樹です。かすみ・まさき。彼はやることなすこと「おフランス式」です。彼は滔々《とうとう》と語ります。

〈おそらく、あのときふたりが出会えたのは、もはや世界のなかにある三次元の空間ではなく、さながら時空を超越したテクスチュアのようであるとするならば、たがいにもとめあうふたつの意思はよびあうものだという、そこだけが、今、ここに、唯一確立された、特権的なまでの、不敬なまでの、テレパシネスなどはむろんのこと、あえて通俗的にテュイーションとももはや呼ぶべきではない、たとえそれが死にいたるしかないほどの潰滅《かいめつ》的な運命であろうとも、他者をすべて消去することでしかありえないゆえに……(以下略)〉

作中に何度となく登場する霞雅樹の長広舌。私はそのつどお腹をかかえて笑いました。こうやって書き写してみると、漢字、カタカナ、ひらがなの配合がまた絶妙で、再び笑いがこみ上げてきます。ご存じの方はご存じでしょう。目的地の「。」になかなか着地せず、「、」だけでどこまでも続く文章。ご存じの方はご存じでしょう。日本のインテリ(の男性)の間で、こういう文章が非常におしゃれなこととされ、たいそう流行した時期がありました。おフランスの現代思想にかぶれた仏文学者などが、そこここに書き散らかしていたものです。

そのパロディをでっち上げるということは作者も相当なインテリである証拠ともいえますが、おフランスはおフランスでも、フランス現代思想ではなく「フランス書林文庫」の力石理気子の手にかかれば、こんな文章は一行で要約できます。

〈お茶だけ飲んで帰るのはしのびなかったんですね、きっとお互い〉

フランス映画に出てくる二枚目のような霞は、ただ単に「気障《きざ》なやつ」なのではありません。どこまでも「、」だけで延長できるおしゃべりは、それ自体、「恋愛小説」のようではありませんか？　私たちが日頃「恋愛小説」と呼んでいるものは、霞雅樹をもっと薄めたような男と、力石理気子の対極にあるような女（主人公が大の苦手とするバレリーナのような女）との「、」の物語だったのではないか。別にいうと、力石嬢と霞は、それぞれに「ポルノ小説」と「恋愛小説」を体現した存在だともいえるのです。

●『不倫《レンタル》』は「文化的なコード」を映す鏡である

力石理気子と霞雅樹の関係は、さらにこんなことも考えさせてくれます。二人が演じている役割は、世間の男女のありようと逆転しているのではないか？　ヤルまでの手続き＝恋愛を「手間」と考え、早く「。」に到達したい力石嬢は、思えばとっても「男の子的」な文化を生きています。他方、手間＝恋愛に時間をかけ、「。」までの間を「、」でどこまでも引っ張りたがる霞は、逆にとっても「女の子的」です。

〈手間は風。手間は星。手間は鳥。手間は花。手間は恋。でもでも、でもね、いったいいつヤッていただけますのでしょうか？　手間は月。手間は海。手間は雪。手間は愛。でも手間は手間だよー〉

こういうことを考える男なら「恋愛小説」の中にはたくさん登場してきます。男性雑誌の恋愛特集も、ほぼこういうコンセプトでできるといっていいでしょう。しかし、女性には珍しい。いや現実の女性に珍しいのではなく、「女は手間を尊ぶものである」という文化的なコードが私たちの社会にはあるのです。おかげで力石理気子は今日まで悩み続けなければなりませんでした。自分は一生「女」としては見てもらえないのだ、と。せっかく上手くいきかけても、恋愛のお作法、男女の役割というコードに忠実にことを運ばなければならないための気苦労の多さといったら！

そんな彼女は周囲から変わった人と見られています。結婚と恋愛はスカーフとチョコレートのように別ジャンルだと考える彼女にとって、セックスと生活を切り離せる不倫は便利な制度です。しかし、周囲はそうは考えていません。親友のえりかも、その夫である理気子の担当編集者も、彼らの不倫相手もです。そして霞までが……。

いや、この先は伏せておきましょう。本書はけっしてフェミニズム色の強い小説ではありません。が、男女の性別役割（気取ってこれをジェンダー・ロールと呼ぶ人もいます）や、恋愛とセックスと結婚を三位一体のものとする考え方（ロマンチック・ラブ・イデオロギーと呼ばれたりします）を鋭く照射した作品ではある。そのラジカルさが、半端な自称フェミニストの上をいっているのは間違いありません。

●姫野カオルコの知的ワンダーランド

ここまでいえば、「処女のポルノ小説作家」という設定がいかに意識的で、『不倫《レンタル》』がどれほど緻密《ちみつ》に計算された小説であるかがわかってもらえるでしょう。

ほかにもフランソワーズ・アルディから「名古屋のU・Oさん」まで、本書には知的な意匠がさまざまに凝らされています。そこが最大のお楽しみなので多言は控えますが、最後にひとつ付け加えておくと、この作品の意外なキーパーソンは「澁澤龍彦」ではないかと私は睨《にら》んでいます。なぜ澁澤が途中で消えて、あのような結末を迎えたか。力石嬢が霞ではなく澁澤とくっついていたらどうだったか。それだと「恋愛小説」は成り立たない？かもしれません。が、力石理気子や澁澤龍彦のような人物を排除して成立してきたのが「恋愛小説」でもあるのです。

〈ペニスとヴァギナの話を、無計画に書けば「衝撃的な文学」と称され、ふつうくらいに書けば「艶《つや》やかな文体」と称され、計画的に書けば「ポルノ小説」と称され、ていねいに書けば「ロマンス小説」となり、ぞんざいに書けば「恋愛小説」となる〉

これは歴史に残る名言であろうかと思います。

『不倫《レンタル》』は、発表当時、じつはあまり話題になりませんでした。こんなにおもしろいのにです。過剰な知的サービスが、姫野カオルコの場合は裏目に出てきたかもしれません。まさかだれも「野性時代」にこんな小説が載っているなんて、思いもしなかったでしょうから。それこそ『ユリイカ』か『批評空間』にでも載ってたら、もんのすごくおもしろいことになったのに。あ、それでも、わかんない人にはわかんなかったかな？

本書で姫野ワールドに目覚めた人は、「姫野〝処女〟三部作」の他の二作『ドールハウス』『喪失記』も手にとってみてください。また別のおもしろさが発見できるはずです。

本書は、1996年7月に小社より刊行された単行本を
文庫化したものです。

不倫《レンタル》

姫野《ひめの》カオルコ

平成13年 2月25日　初版発行
令和7年 5月15日　13版発行

発行者●山下直久

発行●株式会社KADOKAWA
〒102-8177　東京都千代田区富士見2-13-3
電話　0570-002-301（ナビダイヤル）

角川文庫 11854

印刷所●株式会社KADOKAWA
製本所●株式会社KADOKAWA

表紙画●和田三造

●お問い合わせ
https://www.kadokawa.co.jp/（「お問い合わせ」へお進みください）
※内容によっては、お答えできない場合があります。
※サポートは日本国内のみとさせていただきます。
※Japanese text only

ISBN978-4-04-183509-8　C0193

角川文庫発刊に際して

角川源義

第二次世界大戦の敗北は、軍事力の敗北であった以上に、私たちの若い文化力の敗退であった。私たちの文化が戦争に対して如何に無力であり、単なるあだ花に過ぎなかったかを、私たちは身を以て体験し痛感した。西洋近代文化の摂取にとって、明治以後八十年の歳月は決して短かすぎたとは言えない。にもかかわらず、近代文化の伝統を確立し、自由な批判と柔軟な良識に富む文化層として自らを形成することに私たちは失敗して来た。そしてこれは、各層への文化の普及滲透を任務とする出版人の責任でもあった。

一九四五年以来、私たちは再び振出しに戻り、第一歩から踏み出すことを余儀なくされた。これは大きな不幸ではあるが、反面、これまでの混沌・未熟・歪曲の中にあった我が国の文化に秩序と確たる基礎を齎らすためには絶好の機会でもある。角川書店は、このような祖国の文化的危機にあたり、微力をも顧みず再建の礎石たるべき抱負と決意とをもって出発したが、ここに創立以来の念願を果すべく角川文庫を発刊する。これまで刊行されたあらゆる全集叢書文庫類の長所と短所とを検討し、古今東西の不朽の典籍を、良心的編集のもとに、廉価に、そして書架にふさわしい美本として、多くのひとびとに提供しようとする。しかし私たちは徒らに百科全書的な知識のジレッタントを作ることを目的とせず、あくまで祖国の文化に秩序と再建への道を示し、この文庫を角川書店の栄ある事業として、今後永久に継続発展せしめ、学芸と教養との殿堂として大成せんことを期したい。多くの読書子の愛情ある忠言と支持とによって、この希望と抱負とを完遂せしめられんことを願う。

一九四九年五月三日